Chantal BERNATI

Partir avant de vous oublier

(Nouvelle édition)

© 2019 Chantal BERNATI

Edition : BoD - Books on Demand
12/14 rond-point des Champs Elysées
75008 Paris
Imprimé par BoD - Books on Demand, Norderstedt
ISBN : 9782322187300
Dépôt légal : Octobre 2019

Toute représentation intégrale ou partielle faite sans le consentement de l'auteur ou de ses ayants droit ou ayants cause est illicite.

Chantal Bernati est née en 1966, Elle écrit depuis 2014.

En 2015, elle publie « Comme une ombre au fond de ses yeux » puis « Sur le chemin de mon père » en 2016, qui sera sélectionné parmi les cinq meilleurs romans dont l'histoire se déroule en Savoie.

En 2017, elle écrit « Un cœur en hiver » et en 2019, « Une vie... »

À mes parents,

À mes enfants,
  Céline, Émilie, Guillaume, Nicolas et Lilou.

À ma petite-fille Kelyah,
À mon petit-fils Neymar,
À mon petit-fils Sohan qui devrait naître d'un jour à l'autre…

Profitez de chaque instant de bonheur.

Petit clin d'œil à Véro, Lolinette et William, qui sont toujours là pour moi, dans les bons et les moins bons moments.

À Madame Guillaud Jacqueline qui m'a donné la passion de la lecture.

À Monsieur Mussati René qui m'a donné la passion de l'écriture.

Le vieil homme et la mère

(A Fernand et Josée)

Tu ne me reconnais même pas quand, chaque après-midi je viens te retrouver. J'ai pourtant été ton mari pendant cinquante-deux ans.

Tu es là, assise, rangée à côté d'autres pensionnaires ; vous attendez, mais quoi ? Presque tous ont ce regard éteint, vide, dans lequel on devine parfois une ombre d'inquiétude. Certains sourient naïvement à quelque fantôme dont eux seuls discernent les contours. D'autres dodelinent de la tête, mastiquant le vide des mots qui leur manquent. De temps en temps, une soignante vient en chercher un, pousse sa chaise roulante vers une pièce, au fond du hall. S'il fait beau, on vous sort sur la terrasse, au soleil. Tu ne t'en souviens plus, petite mère, mais tu en faisais autant avec tes géraniums, au printemps. Tu es devenue mon géranium, mais tu ne connaîtras plus de floraison, ni d'autre saison que cet interminable hiver. Toutes ces années d'amour, de querelles, d'exaltation, de vie tout simplement, pour en arriver là ! C'était beau la vie, mais c'est trop con de la finir comme ça.

Je vais m'en aller, rentrer chez « nous ». Je vais t'embrasser ; dans ton regard vide, il n'y aura même pas une étincelle d'étonnement. A quoi bon te dire que je t'ai aimée, que c'est la dernière fois que… Ce soir, tu ne te demanderas même pas « pour qui sonne le glas ».

René Mussati

Les souvenirs font la vie,
L'oubli nous en exclut.

C. Bernati.

Personnages :

Valérie, épouse de Pierre Maurois, mère de :
- Lisa (mariée à Anthony)
- Manon (mère de Lola)
- Jérémy (marié à Laura)

Les meilleures amies de Valérie :

- Célia, psychologue. (Veuve de Christophe, mère de Julie mariée à Damien, grand-mère de Yanis)
-Véronique (mariée à Serge)
- Laurence (mariée à Sylvain)

Chapitre 1

Mardi 30 juillet 2013

Célia repose doucement le téléphone, des larmes coulent le long de son visage. Valérie est partie pour toujours. Mais pourquoi donc n'a-t-elle pas prêté plus d'attention aux premiers signes de la maladie de Val ?

Chapitre 2

Avril 2012

Tout a commencé un mardi. Mais finalement, quelle importance ? Célia se rappelle que son amie n'était déjà plus très bien.

Ce jour-là, lui avait raconté Valérie, elle roulait tranquillement sur une route de campagne, non loin de chez elle, quand brusquement il y avait eu comme un vide… Elle était sortie de sa voiture.

- Bon sang, je vais où ?

Bien que surprise par cette absence, Val ne paniqua pas. En allumant une cigarette, elle s'était étonnée de ressentir comme de la tristesse.

Elle avait eu trois enfants alors qu'elle était toute jeune, maintenant ils étaient grands. Elle vivait à Saint-Paul sur Yenne, un magnifique petit village dans l'Avant-Pays-Savoyard. Elle était mariée depuis vingt- neuf ans à Pierre, leur histoire d'amour était devenue un long fleuve tranquille, et elle avait comme on dit, "tout pour être heureuse". Une envie de pleurer monta en elle, sans qu'elle sache vraiment pourquoi.

- Je vais être en retard ! s'était-elle dit, se rappelant alors subitement son rendez-vous chez le médecin, le Docteur Ercas.

Celui-ci avait écouté attentivement sa patiente, puis avait souri : les trous de mémoire étaient fréquents lorsqu'on était fatigué ou débordé.

Était-elle fatiguée ou débordée ? Il ne lui sembla pas… Et comment lui parler de son brutal accès de tristesse ? Elle n'avait donc décrit que ces migraines qui lui empoisonnaient la vie. Après quelques questions, le médecin lui avait prescrit un traitement.

En sortant du cabinet médical, le temps était superbe, le soleil d'avril, encore un peu frileux, réchauffait la petite place du village. Valérie avait eu envie d'un jus de fruits et s'était installée à la terrasse du café. Et brusquement, de nouveau ce vague à l'âme. Mais qu'est-ce donc qui la rendait si triste ? Elle ne le savait vraiment pas. Il lui fallait absolument penser à quelque chose de gai, et l'image de sa petite-fille de trois ans, Lola, lui apparut. C'était une adorable petite tête blonde aux yeux bleus, comme

Manon, sa maman, la deuxième fille de Valérie. Cette enfant était son rayon de soleil, et la jeune grand-mère fondait littéralement quand la petite l'appelait mamie. Son ainée, Lisa, attendait un bébé pour septembre. Quant à Jérémy, son petit dernier, comme elle aimait à dire, il s'était marié l'été précédent avec Laura, une jeune fille qu'il fréquentait depuis trois ans. Son garçon si calme, si serviable avait laissé un vide que Valérie n'avait jamais avoué qu'à ses proches amies. La maison lui avait paru soudainement bien vide. Elle avait pleuré tant de fois dans la chambre du jeune homme…puis la vie avait repris son cours et elle s'y était faite. Tout allait donc assez bien maintenant.

Elle s'était secouée, et avait décidé d'aller voir sa copine Célia, qui habitait une maison toute proche. En frappant à sa porte, Val avait déjà un peu retrouvé le moral. C'est là, toutes deux tranquillement installées autour d'un café, que Valérie avait expliqué à Célia ce qui lui était arrivé, en n'omettant rien.

Son amie s'était empressée de la rassurer, il ne fallait pas s'inquiéter, il y avait eu beaucoup de changements dernièrement dans sa vie, forcément, cela influait sur son moral et sa concentration.

Puis elles avaient discuté de choses et d'autres, tout à leur plaisir d'être ensemble.

Le soir, Valérie avait aussi raconté à son mari son absence de l'après-midi, et ils s'en étaient amusés.

Le lendemain, Manon, sa deuxième fille, lui avait téléphoné, elle l'avait attendue en vain pour acheter des chaussures à Lola. Valérie s'était promptement excusée, elle n'avait pas vu passer le temps chez Célia et les avait toutes deux oubliées ! Manon n'en avait pas voulu à sa mère, de toute façon, la petite s'était réveillée assez tard de sa sieste.

Et la vie avait continué sans que ni elle, Célia, ni personne ne se préoccupe des oublis qui commençaient à jalonner la vie de Valérie.

Été 2012

L'été est là, avec ses journées brûlantes. Valérie décide d'emmener sa petite- fille à la plage. Elle prend plaisir à voir Lola s'émerveiller de tout ! Les copines de Val la rejoignent avec leurs petits- enfants, et elles pique-niquent au bord de l'eau, à la grande joie des petits et des grands. Les grands-mères se remémorent le temps où elles venaient avec leurs propres enfants. De fil en aiguille, les amies en viennent à parler de leur âge, et soudain, l'une d'entre elles s'écrie :

- Mais Val, c'est ton anniversaire le mois prochain ! Cinquante ans, ça se fête !

Valérie n'a pas trop envie de les fêter, elle se sent si vieille depuis quelque temps.

Célia, Véronique et Laurence s'écrient :

- Ah non, tu n'y couperas pas !

Et elles se mettent à parler toutes en même temps de l'organisation de cette fameuse fête.

- Imagine, lui dit Véro en riant, tu auras toute ta famille et tes amis autour de toi ! Quel merveilleux souvenir tu en garderas pour tes vieux jours !

- D'accord, vous avez raison. Je vais louer la salle des fêtes, et on va passer une journée mémorable !

Chacune y va de son idée.

- On mettra des ballons partout !

- On pourrait demander à Jean de venir avec son orchestre et ainsi on pourra danser !

- Et on fera un buffet froid, ainsi tu n'auras pas trop de boulot, et on viendra t'aider la veille !

Valérie sourit, elle a de la chance d'avoir des amies si gentilles.

- Il te faut avant tout trouver une date, vois déjà avec tes enfants et nous, on s'arrangera.

- Tu auras un immense gâteau au chocolat, lui dit Laurence en riant, sachant comme Val est gourmande.

- Mamie, j'en veux du gâteau ! les interrompt Lola. Les grands- mères éclatent de rire :

- Ah, c'est bien ta petite fille celle-ci, on parle gâteau et la voilà intéressée !

Les grands-mères font goûter les enfants, et le reste de l'après-midi s'écoule tranquillement.

Vers dix-huit heures, toutes récupèrent leurs petits qui commencent à être fatigués, ramassent leurs affaires, et se dirigent vers leur voiture. Après les bisous d'usage, elles se séparent en rappelant à Val de ne pas oublier d'appeler ses enfants pour la date de son anniversaire.

Valérie passe déposer Lola chez Manon et parle à sa fille de la fête que ses amies veulent qu'elle fasse pour ses cinquante ans.

- C'est une très bonne idée, lui répond-elle, ça sera l'occasion de tous se réunir. Je vois une date avec Jérémy et Lisa, et je te tiens au courant.

Quand Val regagne son domicile, elle cherche son mari, toute à sa hâte de lui annoncer la nouvelle. Ne le trouvant pas dans la maison, elle se dirige vers le potager. Pierre est en train de ramasser les premières tomates et il ne la voit pas tout de suite. Valérie contemple son mari. Bien qu'âgé de quelques années de plus qu'elle, il ne parait pas ses cinquante- huit ans. Un sourire se dessine sur son visage quand elle le voit coiffé d'un chapeau de paille. Elle admire sa large stature, se félicite d'avoir un homme aussi courageux. En effet, son mari, sitôt rentré du lycée Lamartine où il enseigne le français, se met à l'ouvrage. Que ce soit du jardinage, de la maçonnerie ou du bricolage, il ne reste jamais sans rien faire.

- Monsieur Maurois, l'appelle-t-elle en riant, j'ai une grande nouvelle à t'annoncer. Les copines pensent que je devrais fêter mes cinquante ans !

Pierre sourit et lui répond en se dirigeant vers elle :

- C'est une très bonne idée, ma puce.

Il la prend dans ses bras et pose un baiser sur ses lèvres. Il est content de voir sa femme si enthousiaste. Depuis quelque temps, il la sent un peu mélancolique. Pierre sait que Valérie a été éprouvée par le départ de leur fils, elle ne lui en a pas parlé, mais depuis vingt-neuf ans qu'il partage sa vie, il la connaît par cœur.

Chapitre 3

Juillet 2012

Il est convenu que la fête se fera le dernier samedi de juillet. Tout le monde s'attelle à la préparer.

Enfin le grand jour arrive. Valérie resplendit de bonheur. La bonne humeur est de mise, des éclats de rire fusent de toute part. Val regarde ses trois enfants et sa petite fille qui dansent, il y a tant de bonheur autour d'elle. Elle se dit que si elle ne devait se rappeler qu'une seule image, ce serait celle-ci : ses enfants heureux, réunis autour d'elle et de son mari.

Pierre vient inviter sa femme à danser le rock, comme ils en ont l'habitude depuis leur premier bal. Ils retrouvent immédiatement leur complicité. Valérie aime tournoyer entre les bras de son mari, elle revoit ce gentil jeune homme qui l'avait invitée à danser un soir d'été, voilà bientôt trente ans. Il lui avait plu tout de suite avec son rire franc et son air doux.

Tous deux regagnent leur table quand Val demande à Pierre :

- Au fait, de qui fête-t-on l'anniversaire ce soir ?

- Hein ? Mais qu'est- ce que tu racontes ! Tu plaisantes ou quoi ?

Valérie a un instant de panique, puis lui dit en riant :

- Mais oui, bien sûr que je plaisante ! et elle enchaine, tu ne veux pas aller me chercher à boire, s'il te plaît ?

- Bien sûr, lui répond-il d'un air soucieux.

Pierre ne sait plus trop quoi penser. Sa femme n'a pas eu l'air de plaisanter quand elle lui a posé la question sur l'anniversaire, il ne comprend pas, quelque chose lui échappe dans le comportement de son épouse. Depuis quelque temps déjà, il la sent un peu absente, comme si ses pensées étaient ailleurs.

Valérie sent une angoisse monter en elle, que lui arrive-t-il ? Elle a réellement oublié ce qu'elle fait là. Jérémy, qui perçoit un malaise chez sa mère, vient vers elle, et lui dit :

- Me feras-tu l'honneur de danser avec moi ?

En effet, un slow succède au rock. Elle se lève avec plaisir, occultant son oubli, toute à la joie de danser avec son fils. Val lui confie qu'il lui a beaucoup manqué depuis son départ de la maison. Il lui répond qu'elle sera toujours sa petite maman adorée ! Un grand bonheur l'envahit. Oui, Valérie a eu raison d'écouter ses amies et de faire cette fête pour son anniversaire. Cette journée est magnifique, elle la partage avec les personnes qui lui sont les plus chères. Elle danse avec sa petite-fille, s'éclate avec ses copines sur du disco. Toutes retrouvent leurs vingt ans !

Ce soir-là, Valérie s'endort avec un sourire aux lèvres…

Le lendemain, ils se réunissent de nouveau pour finir les restes du repas de la veille et nettoyer la salle. La journée se passe très bien, chacun participant avec bonne humeur.

Ce week-end laisse Valérie euphorique plusieurs jours, puis la routine reprend le dessus.

Chapitre 4

Septembre 2012

Val est factrice. Elle aime son travail et a toujours un mot gentil pour les habitants des petits villages qu'elle dessert. Ce matin- là, elle croise Madame Colette, comme on l'appelle dans son hameau.

- Bonjour ! Comment allez- vous, Valérie ? Et votre grande, elle n'a pas encore accouché ? lui demande-t-elle, gentiment.

- Non, mais ça ne devrait plus tarder, elle a quelques contractions depuis deux ou trois jours.

Et elles discutent ainsi pendant un petit quart d'heure.

Quand Val rentre chez elle, il est quatorze heures. Pierre l'accueille avec une bonne nouvelle.

- Lisa est à la maternité, son mari a appelé voilà une demi-heure !

Ravie, sa femme lui répond :

- Tu vas peut- être avoir ce petit- fils dont tu rêves tant !

En effet, leur fille et leur gendre Anthony n'ont pas voulu connaître le sexe de leur futur enfant. Jérémy, très proche de sa mère, n'a eu jamais eu les mêmes goûts que son père, aussi Pierre espère-t-il un petit gars pour partager avec lui sa passion du jardinage.

L'après- midi leur parait interminable. Valérie essaye bien de joindre Anthony sur son portable, en vain.

Le couple décide de diner sur la terrasse afin de profiter des dernières soirées estivales et de jouir de la multitude de parfums de la forêt d'à côté qu'une légère brise amène jusqu'à eux. Ils en sont au dessert quand la sonnerie du téléphone retentit. Valérie se lève d'un bond pour décrocher. Son gendre lui apprend que Lisa va bien ainsi que leurs bébés, Mathilde et Louise.

- Des jumelles ! Mon dieu, je trouvais bien que ma fille avait un gros ventre, mais de là à imaginer qu'il y en avait deux !

Anthony éclate de rire :

- Nous le savions, mais nous voulions vous faire la surprise !

Bien sûr, le grand-père est un peu déçu de n'avoir que des petites-filles, mais il se dit que ça sera pour la prochaine fois, et il ajoute gaiement :

- Avec trois enfants, je compte bien avoir au minimum six petits-enfants.

Val l'aime ainsi, toujours positif et plein de projets.

Dès le lendemain, les grands-parents se précipitent à la maternité pour admirer les nouvelles-nées. Les fillettes sont magnifiques, toutes brunes, et tellement minuscules !

Jérémie les rejoint pour voir sa sœur et ses nièces.

- Me voilà avec trois petites-filles, dit Valérie, et toi mon Jérémy, à quand un petit bébé ?

- Eh bien, c'est en route Maman, Laura est enceinte de trois mois. On attendait la naissance des jumelles pour vous l'annoncer, histoire de vous faire un choc de plus ! lui répond-il en riant.

- J'espère que ce coup-ci, ce sera un garçon ! rétorque joyeusement Pierre.

Chacun regagne son domicile dans l'allégresse, laissant la jeune maman se reposer.

L'automne passe, laissant place à l'hiver. Le froid s'installe, et la neige commence à recouvrir les hautes montagnes de Savoie.

Ce jour-là, bravant la bise, les quatre amies se baladent dans la campagne, chaudement vêtues, parlant de Noël qui approche. Célia reste silencieuse. En effet, cette dernière est veuve depuis de nombreuses années, son mari Christophe s'est tué dans un accident de voiture. Elle n'a eu qu'une fille, Julie, qui elle-même a un fils, Yanis. Célia a été follement amoureuse de son mari et n'a jamais refait sa vie. Au moment des fêtes, il lui manque terriblement. Valérie, Véronique, Laurence et Célia passent Noël avec leur famille, mais se réunissent tantôt chez l'une, tantôt chez l'autre pour le réveillon de la nouvelle année. Constatant la tristesse de Célia, Val change de sujet et parle de Jérémy qui, à la manière de sa sœur ainée, ne veut pas dévoiler le sexe de son futur bébé. Chacune y va de son avis, et la gaieté revient rapidement.

Chapitre 5

25 Décembre 2012

Pierre et Valérie ont décoré leur maison. Des guirlandes scintillent dans les arbres, un Père Noël escaladant une échelle est accroché à la fenêtre de leur chambre, et une belle couronne faite par Valérie est suspendue à la porte d'entrée. Dans le salon trône un immense sapin pliant sous le poids des guirlandes, boules multicolores et autres petits pendants chargés de souvenirs des Noëls passés, et, au pied, des cadeaux pour chacun. Val regarde tout cela, comme si elle voulait l'inscrire à jamais dans sa mémoire. Elle s'approche de son mari, et lui dit en l'enlaçant :

- Comme nous sommes heureux, nous nous aimons, nous avons une belle maison pour accueillir tous nos enfants et petits-enfants. Et dans un moment, nous serons tous réunis. Je voudrais que tous se rappellent longtemps nos fêtes de famille comme moi je me rappelle celles de mon enfance.

- Que t'arrive-t-il, lui demande Pierre, tu as l'air mélancolique alors que tu l'as dit toi-même, on a tout pour être heureux.

- Je ne sais pas, j'ai peur qu'un jour tout ne finisse, et que le bonheur s'en aille.

- Chérie, arrête, que veux- tu qu'il nous arrive ? Profite de ta famille, et ne pense à rien d'autre.

- Oui, tu as raison, répond-elle, heureusement que je t'ai, tu es tellement patient avec moi…

Le couple s'étreint quand la porte s'ouvre sur un « Oh les amoureux, oh les amoureux ! » que lance Lola, la première de leur petite-fille. Les grands-parents éclatent de rire. Tout le monde s'embrasse, se souhaite un joyeux Noël. Lola regarde avec émerveillement les cadeaux sous le sapin :

- Ben, le Père Noël est déjà passé chez moi, j'ai eu un poupon grand comme les jumelles !

- Regarde, ma chérie, Papy et Mamie ont aussi commandé des cadeaux pour toi.

L'enfant découvre un petit landau et une dinette.

- C'est pour bien t'occuper de ton poupon, ma chérie, lui dit Valérie.

Lisa déballe les cadeaux pour Mathilde et Louise, puis chacun cherche le sien. C'est un moment de grand bonheur, et au fond d'elle, Valérie songe soudain « Dieu, que l'on est heureux, faites que ce bonheur dure toujours. »

Ils passent à table, chacun rapportant des souvenirs de Noëls d'antan. Des rires habitent la maison, une ambiance joyeuse règne. Le ventre de Laura s'est bien arrondi, et chacun essaye de savoir si elle attend une fille ou un garçon, mais rien n'y fait, les futurs parents gardent le secret. Valérie leur dit :

- Comme je suis contente d'avoir des petits-enfants !

- Attends de les voir grandir et courir dans tous les sens, lui répond Manon, tu auras vite fait de déchanter !

Manon a vingt-cinq ans, elle a toujours été une fille indépendante et adore sa petite Lola. Elles habitent seules, le père de la petite passe de temps en temps voir sa fille, et pour Manon, c'est bien assez. Val, qui adore son mari, ne comprend pas son point de vue, mais l'accepte, sachant que de toute manière, elle ne pourrait rien y changer.

Pierre et Valérie ont aménagé l'ancienne chambre de Lisa pour leurs petites-filles. Ils ont repeint les murs avec de belles couleurs pastel, mis un lit une-place pour Lola, deux petits lits pliants pour Mathilde et Louise, et une table à langer. Il est temps de mettre les jumelles à la sieste. Lisa prend la première dans ses bras et Val la seconde. Elles mettent les petites au lit, la grand-mère embrasse Louise, et lui dit :

- Dors bien, ma petite Lisa !
- Maman, pourquoi l'appelles-tu Lisa ?
- Je me suis trompée, répond cette dernière en se forçant à rire, avec toutes ces filles, je ne m'en sors plus !

Cette dernière est sceptique quant à la réponse de sa mère, mais ne relève pas. Les deux femmes rejoignent les autres au salon. Valérie reste silencieuse. Elle est persuadée d'avoir vu, une fraction de seconde, dans ce petit lit, sa fille ainée, bébé. Mon Dieu, se dit-elle, que m'arrive-t-il, il faut absolument que j'aille consulter un médecin.

Le reste de la journée se passe sans nouvel incident. Vers dix-neuf heures, chacun regagne son domicile. Pierre dit à sa femme :

- C'était une très belle journée, n'est- ce pas, ma chérie ?

- Oui, mais nous sommes tout seuls maintenant… réplique tristement cette dernière.

Son mari a un temps d'arrêt, puis, furieux, lui rétorque :

- Enfin Val, tu as eu tes enfants et petits-enfants toute la journée, tu en as bien profité, et maintenant n'es-tu pas contente de te retrouver seule avec moi ?

Dépité, sans attendre de réponse, il sort fumer une cigarette. Pierre ne comprend pas, il ne reconnait plus sa femme. Certes, elle a toujours été très mère poule, mais son épouse aimait se retrouver avec lui pour passer des soirées en tête à tête, que lui arrive-t-il ?

Valérie regrette ses paroles. Elle a blessé son mari. Elle prend une veste et le rejoint dehors :

- Pardon, mon chéri, je n'ai pas voulu te faire de la peine, dit-elle en l'enlaçant, bien sûr que je suis contente que l'on se retrouve tous les deux, c'est juste un petit coup de cafard. Je ne sais pas ce que j'ai en ce moment, la tristesse me submerge sans cesse.

- Va voir ton médecin, ça ira mieux après, tu fais peut-être une petite déprime.

- Oui, je prendrai rendez-vous dès demain. Viens, rentrons.

Ils s'engagent dans leur maison et oublient cette petite dispute dans la douce intimité de leur chambre. Pierre retrouve sa douce amante. Vingt- neuf ans se sont écoulés depuis leur première nuit d'amour, mais leurs corps ne se sont pas lassés l'un de l'autre. Jamais l'un ou l'autre n'a eu d'aventure. La confiance est le ciment de leur couple. Ils ont la même opinion sur la fidélité et l'amour. Valérie s'endort dans les bras de son mari, heureuse.

Une bonne odeur de café réveille Pierre. Il se lève, prend sa douche en chantonnant, et rejoint sa femme. Il la trouve toute souriante, elle l'accueille gaiement :

- Bien dormi, mon chéri ?

- Oui et toi ? Prête pour le grand ménage des lendemains de fête ? Tu veux que je t'aide ?

- Non, ne t'inquiète pas, je m'en sortirai très bien toute seule. En revanche, peux- tu m'enlever le sapin ? lui demande-t-elle.

Pierre soupire. Il n'a jamais compris pourquoi sa femme ne veut pas garder le sapin après le vingt-cinq décembre. Elle le lui fait mettre dès le dix du mois, mais pour elle, le vingt-six, Noël est fini. Quand les enfants étaient encore à la maison, Val faisait l'effort pour eux et leur demeure restait en habits de fête jusqu'au jour de l'an. Mais quand Jérémy a été parti, il lui avait fallu tout enlever tout de suite. Et aucun des arguments de Pierre n'était venu à bout de son entêtement. Il avait fini par céder. Et cette année encore, il gardera pour lui ses remarques, appréhendant déjà un changement d'humeur trop fréquent ces derniers mois chez sa femme. Il acquiesce et s'attable devant le petit déjeuner que Valérie lui a préparé. Cette dernière commence à s'activer dans tous les sens. Son mari n'ose pas lui demander ce qui lui prend, cette énergie soudaine le déconcerte un peu. En effet, ces derniers temps, sa femme est plutôt passive. Pierre ébauche un sourire, se convainc que leur belle nuit d'amour y est pour beaucoup.

La journée passe dans une ambiance bon enfant, Valérie annonce à son mari que son médecin lui a donné un rendez-vous dès le lendemain matin.

Chapitre 6

27 décembre 2012

Valérie est assise chez son médecin, le docteur Ercas, en pleurs. Elle lui a davantage raconté ses moments de cafard, ses oublis, ses confusions. En parler lui a fait encore plus réaliser que quelque chose n'allait pas. Val ne se reconnait pas. Son docteur lui parle longuement, lui redonne confiance, lui prescrit des antidépresseurs et la met en arrêt de travail. Valérie sort de là, un peu rassérénée. Elle téléphone à ses amies, Célia, Véro et Laurence, et les invite à boire un café au salon de thé où elles ont leurs habitudes. Toutes trois répondent présentes et c'est une grande joie que de passer l'après-midi entre copines. Chacune y va de ses anecdotes sur le jour de Noël. Puis elles organisent leur réveillon du trente et un décembre qui se déroulera cette année chez Véronique. Tout est noté sur le carnet que cette dernière a eu la sagesse de prendre. Les amies se sont réparties les tâches afin que l'hôtesse n'ait pas tout le travail. Valérie doit emmener les desserts, Célia, les apéritifs, Laurence, les entrées et

Véro s'occupera du plat principal. Elles se quittent sur un dernier bisou et chacune regagne son chez-soi.

31 décembre 2012

Il est dix- neuf heures trente, le couple est enfin prêt. Valérie a mis sa robe noire, s'est maquillée, parfumée, et dans les yeux de son mari, elle se sait belle. Elle admire à son tour Pierre. Il porte bien le costume, et elle le trouve très séduisant. Ils montent dans la voiture en discutant gaiement de choses et d'autres jusqu'à leur arrivée chez Véronique et Serge. Ils sonnent, ce dernier vient les accueillir. Tout le monde est déjà là. Après les embrassades, Véro, voyant le couple les mains vides, leur demande :

- Ben alors, vous avez laissé les desserts dans la voiture ?

Après un temps de silence, Pierre se tourne vers sa femme et lui dit :

- Val, où sont les desserts ?
- Quels desserts ?
- Ne devais-tu pas amener les desserts ce soir ?

Valérie éclate en sanglots.

- Je ne sais pas !

Ses amies se précipitent vers elles :

- Ce n'est pas grave, ne pleure pas... Mais ils sont chez toi, ou tu as oublié de les acheter ? demande Célia.

Valérie est en pleine panique, elle bredouille, ne sait plus.

- Enfin Val ! Réfléchis ! s'emporte Pierre, bon je retourne à la maison, voir s'ils sont dans le frigo !

- Allez, calme-toi, tes antidépresseurs doivent être la cause de tes oublis, lui dit Laurence, il n'y a pas mort d'homme, si on n'a pas de dessert, ça ne fera pas de mal à notre tour de taille !

Célia, qui aime fumer de la marijuana lors de leurs soirées, leur propose de sortir dans le jardin afin de se détendre. Les amis acceptent avec soulagement, ne sachant plus quoi dire pour dissiper le malaise. Après quelques bouffées, Célia est déjà très détendue, ses amis, eux, se limitent à la cigarette. Ils parlent du temps où ils avaient commencé leurs premières fumettes, du lycée, des copains, des copines, de leur premier amour, ils rient comme des ados, et Val se sent déjà beaucoup mieux.

Enfin, Pierre arrive, les bras chargés de desserts, et c'est un soulagement général.

- Alors, ma chérie, tu les avais bien achetés, comment se fait-il que tu ne t'en souvenais pas ? la questionne son mari qui a retrouvé sa bonne humeur.

- Je ne sais pas…

- On s'en fout, lui dit Laurence, l'essentiel est d'avoir les desserts ! Et elle enchaîne sur le fait que bientôt on serait en 2013, et que chacun doit annoncer ses bonnes résolutions pour la nouvelle année. Les idées fusent de tous côtés, l'ambiance est redevenue légère et ils passent un moment sympathique. Ils rentrent afin de passer à table. La conversation reprend de plus belle et au dessert, bien évidemment, les plaisanteries vont bon train. Valérie et Pierre rient avec eux de bon cœur.

Minuit sonne, tous s'embrassent en se souhaitant des vœux de bonheur. Les amis passent encore une heure à discuter, puis ils remercient Véro et Serge et chacun retourne chez soi.

Une fois dans leur voiture, Pierre s'excuse auprès de Valérie :

- Pardon, ma chérie, je me suis emporté pour les desserts. S'énerver pour si peu, c'est idiot.

- Ce n'est rien, je me sens tellement bête, comment ai-je pu oublier, je ne me l'explique toujours pas.

- Tu es fatiguée Val, et je ne suis pas sûr que les antidépresseurs soient la bonne solution pour toi.

- Parlons d'autre chose, veux-tu ? implore Val.

- Oui, oublions ça…

Chapitre 7

1 er janvier 2013

Valérie se réveille de bonne heure. Elle regarde son mari qui dort paisiblement, dépose un baiser sur son front et se lève sans bruit. Arrivée dans le salon, elle ouvre les volets et reste saisie devant la magnifique vue qui s'offre à elle. La neige tombe et recouvre déjà le sol. Val admire ce beau paysage cotonneux, mille souvenirs se mélangent dans sa tête. Elle revoit les matins d'hiver où ses enfants jouaient dans la neige. Il lui semble les entendre. Manon, l'intrépide qui jetait des boules sur son frère, Lisa la solitaire qui faisait un bonhomme de neige. Val a envie de sortir, elle s'habille hâtivement quand le téléphone retentit, interrompant sa rêverie.

- Allo ?

- Bonne année, Maman ! La voix de son fils lui réchauffe le cœur.

- Merci, mon chéri, meilleurs vœux à toi aussi et à Laura. Donnez-moi un beau petit-fils pour cette nouvelle année ! répond-elle.

Il rit et enchaîne :

- Tu veux que l'on t'amène les croissants pour le petit déjeuner ?

- Oh oui, avec plaisir ! Ton père dort encore, mais il ne devrait pas tarder à se réveiller.

- Ok, on sera là d'ici une demi-heure. Bisous.

- Bisous, mon Jérémy.

Valérie raccroche avec un sourire aux lèvres, son fils lui manque tant, cette visite est une agréable surprise. Elle entreprend le dressage des bols pour le petit déjeuner, mais son regard est immanquablement attiré par la neige. Oubliant tout le reste, elle attrape son anorak, chausse ses bottes et sort. De nouveau, ses pensées remontent le temps. La cabane que Pierre avait construite pour ses trois petits est toute blanche ! Val inspire l'air frais et décide d'aller se promener, emmenant avec elle tous ses souvenirs. Elle marche à grands pas, laissant son imagination vagabonder. Tout est silencieux, Valérie, sereine, admire les arbres majestueux habillés de blanc. Elle se revoit, tout enfant, avec ses deux frères, se levant à l'aube, comme s'ils avaient senti que la neige était tombée pendant la nuit. Le premier debout réveillait les deux autres et sans bruit, après s'être chaudement vêtus, tous se faufilaient dehors ! Émerveillés, les trois enfants faisaient d'innombrables batailles de boules tout en courant dans la neige ! Quand enfin ils rentraient, trempés, épuisés, mais tellement heureux, leur mère leur faisait un bon chocolat chaud. Les larmes lui montent aux yeux. Son moral chute d'un coup. Le temps a passé si vite, maintenant elle est grand-mère ! Comment est-ce possible ? Il lui semble que c'était hier… Elle voudrait pouvoir remonter le temps, être à nouveau cette petite fille insouciante qui se laissait dorloter par ses parents. Une angoisse l'étreint. Soudain, Val a besoin des bras de son mari, elle a envie de se blottir contre lui, qu'il l'apaise ! Pierre est si fort. Souvent, en riant, elle lui dit « tu es mon chêne ! »

Jérémy et Laura sonnent, n'obtenant pas de réponse, ils frappent bruyamment à la porte. Pierre, réveillé en sursaut, se précipite pour leur ouvrir.

« Salut, les jeunes, vous en faites du bruit ! » leur dit-il en les embrassant. Son fils lui parle de son appel, lui demande où est sa mère. Pierre blêmit, il a un mauvais pressentiment. Ils appellent et cherchent Valérie, mais cette dernière reste introuvable. Le père de Jérémie se laisse tomber sur le fauteuil, il cache son visage dans ses mains. Une sourde angoisse l'envahit.

- Papa, que se passe-t-il avec maman ? lui demande son fils.

- Je ne sais pas, il y a quelque chose d'anormal, et il lui raconte l'incident de la veille avec les desserts.

- Ne t'inquiète pas, Maman est un peu surmenée en ce moment. Il essaie de rassurer son père, mais lui aussi est inquiet. Le bruit de la porte d'entrée les sort de leurs pensées, Valérie entre tranquillement dans la maison. Elle s'exclame :

- Jérémy ! Laura ! Quelle bonne surprise ! Vous êtes venus nous souhaiter la nouvelle année ? Bonjour, mon petit mari ! enchaine-t-elle, en embrassant son époux. Incrédules, tous les trois la regardent, puis son fils lui dit :

- Mais enfin, Maman, je t'ai téléphoné tout à l'heure pour te dire que nous arrivions avec les croissants ! Où étais-tu passée ?

Valérie ne comprend pas ce que Jérémy lui dit, mais à les voir tous les trois avec leurs têtes médusées, elle se dit que c'est sûrement encore un de ses oublis, ils s'accumulent en ce moment. Aussi répond-elle rapidement :

- Mais bien sûr que je m'en souviens, mon garçon, simplement je croyais que tu passerais plus tard, je suis allée faire une balade dans la neige !

Pierre soupire et ajoute d'un ton faussement joyeux :

- Allons vite déguster ces croissants chauds qui embaument la maison !

Ils s'attablent, et les deux couples parlent de leur réveillon de la veille. Vers onze heures trente, le jeune couple s'en va, étant invité chez les parents de Laura.

Pierre prend sa femme dans ses bras, il hésite un instant, puis lui dit :

- Chérie, je ne suis pas dupe, Jérémy et sa femme t'ont appelée pour te dire qu'ils passaient et tu les as oubliés, tout comme les desserts d'hier. Je t'en prie, va voir le médecin, il y a quelque chose qui ne va pas, peut-être que tes antidépresseurs ne te conviennent pas. Je t'accompagnerai si tu veux.

Valérie, contrariée par la réflexion de Pierre va pour lui répondre vertement quand ses yeux croisent le visage inquiet de son mari. Sa colère retombe aussitôt et elle rétorque :

- Je l'appellerai dès demain, tu as raison, ces médicaments ne doivent pas me convenir…

3 janvier 2013

Après que sa patiente lui ait expliqué ses nouveaux troubles, le médecin reste perplexe. Il lui conseille de prendre rendez-vous au plus vite avec un neurologue tout en lui rédigeant une lettre de recommandation. Et il prolonge son arrêt maladie. Valérie sort de chez le docteur Ercas complètement bouleversée. Elle rentre directement à son domicile, appelle le secrétariat du spécialiste et une date est convenue.

Puis, Val, n'ayant plus goût à rien, ferme les volets et va se coucher.

Cette fin d'après-midi-là, Pierre rentre rapidement chez lui, il a hâte de savoir ce que le médecin a dit à sa femme. Il est étonné de trouver la maison entièrement fermée. L'inquiétude le gagne, il ouvre la porte, ne voit personne, monte lentement l'escalier, redoutant ce qui l'attend. La porte de la chambre est entrouverte, Pierre la pousse légèrement et voit sa femme endormie dans leur lit. Il s'approche, lui caresse les cheveux et lui dit :

- Ma chérie, que fais-tu couchée à cette heure ?

Val s'éveille et sourit en le voyant :

- Pierre, oh Pierre, tu m'as tellement manqué !

- M'enfin, ma puce, que t'arrive-t-il ? Que t'a dit le médecin pour que tu sois dans cet état ?

- Il m'a recommandé d'aller voir un neurologue, lui répond-elle, inquiète malgré elle.

- Ne te tracasse pas ma chérie, ce n'est sûrement rien de grave, il préfère sans doute que ce soit un spécialiste qui te prescrive tes antidépresseurs.

- Oui, tu as sûrement raison, acquiesce-t-elle, à demi rassurée.

- Allez, je t'emmène au restaurant ce soir, ça nous changera les idées ! Fais-toi belle pour ton mari, lui dit-il en souriant.

- Tu es vraiment merveilleux, j'ai tellement de chance de t'avoir, lui répond-elle, toute gaieté retrouvée.

Le couple passe un très bon moment, chacun mettant de côté sa propre inquiétude.

Chapitre 8

26 février 2013

Arrive le jour où Valérie a rendez-vous avec le Docteur Lucas, grand neurologue de Lyon. Val appréhende cette entrevue, mais elle a envie de savoir ce que signifie ses absences. Pierre veut absolument l'emmener, mais si elle accepte sa proposition, elle refuse tout net qu'il vienne en consultation avec elle. Il doit se résoudre à l'attendre au café, en face du CHU.

Le spécialiste la fait entrer dans son cabinet, la fait asseoir, et Valérie lui tend la lettre du Docteur Ercas. Après l'avoir parcourue, il s'adresse à sa nouvelle patiente :

- Bien, nous allons faire quelques tests et nous saurons rapidement à quoi nous en tenir. Veuillez me suivre, s'il vous plait.

Val fait des tests MMS (memory mental test), et le verdict tombe : elle a la maladie d'Alzheimer. Mon Dieu, pense-t-elle, pas ça ! pas déjà ! Les mots du Docteur Lucas se bousculent dans sa tête, elle essaye de faire abstraction de sa souffrance pour écouter le neurologue. Il lui explique ce qu'il a observé, lui met en place un traitement pour ralentir la progression de la maladie. Il lui prescrit du Réminyl® en comprimé et de l'Ebixa® pour baisser le taux de glutamate afin de favoriser le passage des neurotransmetteurs. Tous ces mots paraissent bien barbares à Valérie. Elle ne retient qu'une chose : on ne guérit pas de la maladie d'Alzheimer. Bien sûr, la maladie avancera moins rapidement si elle prend le traitement et suit un programme de rééducation par des ateliers mémoire. Ils parlent un peu, puis la patiente doit prendre congé. Elle se retrouve dans l'ascenseur, encore sous le choc de l'annonce, avec un sentiment d'impuissance. Comment survivre à ce qu'elle vient d'apprendre ? Mais ne savait-elle pas au fond d'elle-même qu'elle était atteinte de cette maladie ? Combien de fois a-t-elle oublié des choses, combien de fois ses amis lui ont dit en riant : « Ce n'est pas possible, tu as l'Alzheimer ! » Elle riait avec eux, mais au fond, elle avait peur, tellement peur que ce soit la raison de ses oublis. Et aujourd'hui, le neurologue lui confirme ses craintes. Mon Dieu, elle voudrait courir dans les bras de Pierre, lui dire qu'elle a besoin de lui, que sa vie va s'arrêter, que plus jamais, elle ne pourra faire de projets d'avenir. Ses lendemains sont comptés, tous ses beaux souvenirs vont s'effacer, son monde s'écroule. Des larmes jaillissent au coin de ses yeux, Valérie les essuie d'un geste rageur, et décide de garder le secret sur sa maladie. Elle ne suivra pas le programme de mémoire, elle fera sans, sinon son mari se doutera de quelque chose. Il faut qu'elle soit forte. Elle inventera une maladie bénigne pour sa famille et ses amis, mais non, jamais au grand jamais, elle ne dévoilera ce qu'elle vient d'apprendre !

Je trouverai bien une raison pour expliquer mes absences, se dit-elle. Elle respire profondément plusieurs fois, se compose un visage serein, met ses lunettes de soleil pour cacher ses yeux rougis, et rejoint son mari au café.

Valérie s'assied en face de Pierre, et lui dit avec un air désinvolte :

- Je suis soulagée, il n'y a rien de bien grave, le docteur a diagnostiqué une petite pression au niveau du cerveau, mais rien de dramatique, c'est ce qui fait que j'ai quelques pertes de mémoire. Quant aux antidépresseurs, il me les a changés.

- Mais tu es sûre que ce n'est pas grave, que ça ne risque pas d'empirer, j'aurais dû aller avec toi, j'aurais aimé avoir plus d'explications… répond-il d'un ton contrarié.

- Chéri, tout va bien, détends-toi ! Allez, profitons de cette fin de journée dans cette magnifique ville, et oublions tout ça !

Pierre soupire, depuis quelque temps, parler avec sa femme est devenu difficile, elle ne comprend pas son inquiétude. Le couple passe néanmoins une bonne fin d'après-midi, prenant plaisir à se promener dans le « Vieux Lyon », et Pierre est agréablement surpris de retrouver une épouse amoureuse et tendre.

27 février 2013

La sonnerie retentit dans le silence du matin, Pierre ouvre un œil et voit qu'il est à peine six heures. Mais qui peut appeler à une heure pareille ! se demande-t-il, avec inquiétude. Il décroche :

- Allo ?

- Papa, c'est Jérémy ! Ça y est, ton premier petit-fils est né !

- Mon fils ! Comme je suis content ! Chérie, Laura a accouché, dit-il s'adressant à sa femme, c'est enfin un garçon ! Un petit Maurois !

- Comment s'appelle-t-il ? Comment va Laura ? demande Valérie, complètement réveillée par cette magnifique nouvelle !

- Ma petite femme va bien, et mon fils s'appelle Sébastien ! répond joyeusement le jeune papa.

- Nous sommes tellement heureux mon Jérémy, nous passerons voir ce petit bonhomme en début d'après-midi. Félicite Laura pour nous, et à tout à l'heure !

- Ok, bisous.

Les grands-parents se lèvent, tout excités par la bonne nouvelle. Ils déjeunent dans la bonne humeur, tout heureux d'avoir un petit-fils. Puis la mélancolie gagne Valérie, elle se dit qu'elle ne connaîtra pas longtemps ce petit bout qu'elle aurait tant aimé voir grandir. C'est si dur de penser qu'elle ne sera pas présente dans les moments importants de la vie de ses petits-enfants. Combien de temps encore avant

que cette terrible maladie ne lui fasse oublier ses proches ? Elle s'en va prendre sa douche pour cacher son chagrin. La jeune grand-mère laisse couler l'eau sur son corps. Des larmes, qu'elle n'essaie plus de retenir, ruissellent sur son beau visage.
Mon Dieu, se dit-elle, pourquoi moi ? Nous étions tellement heureux. Mais peut-être ai-je déjà eu mon quota de bonheur, on ne peut être chanceux à ce point, et que ça dure toute une vie. J'ai un mari adorable, des enfants et petits-enfants merveilleux, des amis toujours là pour moi, pouvais-je espérer que ça dure toute une vie ?

Val se sèche, se maquille soigneusement afin de cacher ses yeux rougis, et rejoint son mari.

La matinée passe rapidement. À midi, le couple a la joie de voir arriver Jérémy qui s'invite pour le déjeuner. Ce dernier est euphorique. Lui, d'ordinaire si introverti, est dans un état d'excitation qui fait rire ses parents.

Le repas fini, le père et le fils sortent fumer une cigarette, Valérie les regarde par la fenêtre, et de nouveau la tristesse la gagne. Elle imagine, dans quelques années, Pierre, Jérémy et Sébastien, tous trois dehors, entre hommes, mais elle, où sera-t-elle à ce moment-là ? Dans un fauteuil, comme un légume ? Une charge pour sa famille ? Non, elle partira avant, elle ne veut pas, un jour, ne plus reconnaitre les siens ! Elle a été heureuse pendant cinquante ans, et sans doute, comme le lui a dit le docteur Lucas, il lui reste encore quelque temps avant que l'oubli ne l'habite complètement. Valérie se doit de prendre sur elle pour garder le moral et ne pas inquiéter sa famille et ses amis. Elle respire un bon coup pour ne pas craquer, et va se préparer pour aller faire connaissance avec son petit-fils.

Le trio passe acheter un joli petit ensemble pour le bébé, ainsi qu'un bouquet de fleurs pour Laura, et s'en va à la maternité. La jeune maman, son petit garçon dans les bras, les reçoit avec un visage épanoui. Laura tend Sébastien à Valérie.

Dieu qu'il ressemble à Jérémy, songe cette dernière. Pierre fait des photos tandis que la jeune grand-mère le berce tout doucement, comme si elle était seule avec ce petit. Il lui semble être revenue des années en arrière, elle ne sait plus très bien si ce bébé est son petit-fils ou son fils. Son esprit est confus, les images se superposent dans sa tête. Chacun s'aperçoit qu'elle est partie dans ses pensées. Laura, son mari et son beau-père se regardent avec inquiétude, ne sachant s'ils doivent interrompre ce moment d'où ils sont exclus. Ils parlent de choses et d'autres, mais voyant que sa femme ne sort pas de son isolement, Pierre lui dit :

- Chérie… chérie !

Val redresse vivement la tête, le regarde comme si elle se demandait ce qu'il fait là, mais se reprend tout aussi rapidement, et répond :

- Oui, mon Pierre ?
- Je peux prendre un peu Sébastien ?
- Sébastien ? Oui, bien sûr, lui répond-elle en lui tendant le bébé. Et elle se met à

questionner Laura sur son accouchement comme si de rien n'était. Personne ne fait de remarque, mais au bout d'un moment, Jérémy propose à son père de descendre boire un café et de laisser les femmes discuter entre elles.

Pierre approuve, et ils sortent tous les deux. Sitôt hors de la chambre, le fils questionne son père :

- Enfin papa, que se passe-t-il ? Maman ne va pas bien, dis-moi ce qu'il y a !

- Ne t'inquiète pas, nous sommes allés voir un neurologue hier, et elle a une petite pression au niveau du cerveau, ce qui fait qu'elle a des oublis, et des absences aussi, je pense, mais il parait que ce n'est pas grave.

- Et elle a un traitement ?

- Oui, en plus de ses antidépresseurs.

- Mais le spécialiste, qu'a-t-il dit exactement ?

- Je ne sais pas Jérémy, ta mère n'a pas voulu que j'aille avec elle. J'ai dû attendre dans un café en face de l'hôpital.

- Mais enfin, papa, tu aurais dû insister pour l'accompagner ! Ne pas lui laisser le choix ! Je ne te comprends pas, ce n'était pas une vulgaire visite de routine ! lui répond Jérémy en s'emportant.

- Écoute… J'ai essayé, mais elle n'a rien voulu entendre…

- Papa, on parle d'un rendez-vous chez un neurologue là, tu aurais dû insister !

- Je fais comme je peux, Jérémy ! Je n'en peux plus ! dit Pierre en s'effondrant, sais-tu seulement ce qu'est ma vie en ce moment ? Ta mère s'énerve pour un oui, pour un non. Si je ne vais pas dans son sens elle devient agressive, je ne la reconnais plus. Elle, qui était si douce, je ne peux plus rien lui dire ! Et dès que je cède, elle redevient adorable, alors tu vois, tant pis si tous, vous pensez que je suis une carpette, mais moi je n'ai pas envie de gâcher trente années de complicité, alors je ferme ma gueule. Ainsi, notre couple est préservé. Imagines-tu seulement ce que c'est de se réveiller le matin et de se demander ce que la journée nous réserve, si ta mère va être bien, si rien ne l'a contrariée, si elle n'a pas subitement décidé d'aller se balader en oubliant de m'en informer, de la chercher partout, et de ne rien dire quand elle rentre, sous peine d'une scène ? Tu sais ce que c'est de vivre ça ? Non. Personne ne peut imaginer, moi aussi parfois, je voudrais me barrer ! hurle Pierre en éclatant en sanglots. Jérémy ne l'a jamais entendu ni jurer ni pleurer, il en reste stupéfait, il comprend la détresse dans laquelle son père se trouve.

- Pardon, papa, je ne savais pas que c'était à ce point, s'excuse le jeune homme en lui passant le bras autour des épaules, je suis injuste avec toi, mais pourquoi ne m'en avoir pas parlé ?

- je ne voulais pas t'inquiéter... lui répond Pierre en essayant de se reprendre. Excuse-moi, je n'aurais pas dû te dire tout ça. Un fils ne doit pas entendre des choses comme ça sur sa mère. Mais tu sais, ce n'est pas toujours comme ça, parfois, j'ai plusieurs jours de répit.

- Tu n'as pas essayé de lui en parler ?

- Non, je sais qu'elle est aussi malheureuse que moi de son comportement. De temps en temps, alors qu'elle pense être seule, je l'entends pleurer, et souvent elle me remercie d'être si patient avec elle. Donc tu vois, elle sait. Je sais. Mais malgré tout, on essaye de faire au mieux pour ne pas trop abimer notre quotidien, conclut Pierre.

- Ok, papa, je comprends, mais si tu as besoin, n'oublie pas que je suis là.

Pierre sourit et lui dit :

- Oui, je sais, viens remontons, je ne veux pas que ta mère s'inquiète. Pour ça, elle n'a pas changé, elle se fait tout de suite du souci pour rien !

Quand les deux hommes entrent dans la chambre, ils trouvent les deux femmes en train de papoter gaiement.

- Ben alors, les hommes, vous en avez mis du temps, constate Valérie en souriant. Puis elle voit les yeux rougis de son mari,

- Ça ne va pas, Pierre ? demande-t-elle.

- Si, si... je suis juste ému, ça me fait tellement bizarre de savoir notre fils, père, et en plus, d'un petit garçon ! J'espérais tellement un petit-fils !

Val a l'air de se contenter de cette explication. Jérémy voit sa mère d'un œil nouveau. Il se dit qu'il l'a un peu délaissée depuis qu'il s'est marié, ils ont toujours été tellement proches. Elle doit en souffrir. Quand il était enfant, le jeune garçon entendait les gens autour de lui, dire que leur relation était fusionnelle. Le médecin lui disait « laissez-le grandir, cet enfant ! », mais sa mère ne voulait rien entendre, elle lui avait donné tellement d'amour. Avec du recul, Jérémy se rend compte que Pierre n'avait pas pu avoir sa place de père ; encore une fois, il s'était effacé, laissant Valérie mener leur vie comme elle l'entendait. Le jeune homme a toujours cru que son père s'intéressait peu à lui parce qu'il était un enfant craintif. Mais aujourd'hui, il réalise que sa mère, sûrement malgré elle d'ailleurs, se l'est approprié. Le jeune père qu'il est devenu ce jour, se promet de veiller à ce que ça ne se reproduise pas avec Sébastien.

Les grands-parents, après avoir embrassé tout le monde, regagnent leur voiture. Ils roulent un moment en silence, chacun perdu dans ses pensées. Pierre s'en veut d'avoir craqué. Il a un peu gâché la journée de son fils, mais en même temps ça lui a fait du bien de lâcher tout ce qu'il a sur le cœur depuis si longtemps. Soudain, ses larmes se remettent à couler sans que Pierre ne puisse rien faire. Valérie s'en aperçoit.

- Mon cœur, que t'arrive-t-il ? Arrête la voiture !

Pierre se gare, mais aucun son ne veut sortir de sa bouche. Son épouse détache sa ceinture de sécurité, et enlace son mari :

- Chéri, qui a-t-il ? C'est moi ? J'ai encore été une peste avec toi ?

Mais le jeune grand-père sanglote, sans pouvoir parler à sa femme. Cette dernière le berce comme un enfant, et au bout d'un long moment il parvient à se calmer. Val est effondrée. En trente ans de vie commune, elle n'a quasiment jamais vu pleurer son mari. Elle se promet de faire des efforts afin d'être plus gentille avec lui, car c'est sans nul doute à cause d'elle qu'il est dans cet état. Enfin, Pierre arrive à s'expliquer :

- Ma puce, pardon d'avoir craqué, mais c'est vrai, tu n'es pas toujours facile à vivre. Je sais que ce sont tes soucis de santé qui te font agir ainsi, mais Jérémy m'a reproché tout à l'heure de ne pas t'avoir accompagnée chez le neurologue. Il ne comprenait pas que je t'aie cédé, et que j'aie attendu au café. Lui aussi s'inquiète. Je voudrais tant faire quelque chose pour toi, ma chérie.

Valérie ne sait que répondre, à son tour des larmes coulent le long de son visage, elle ne peut que dire :

- Pardon, pardon de te faire du mal.
- Chérie, ne pleure pas, mais essayons de sortir de tout ça indemnes. Laisse-moi t'aider, trouvons ensemble des solutions quant à tes absences, à tes colères.
- D'accord... Tu n'es pas fâché, dis ? lui demande-t-elle d'une petite voix.
- Bien sûr que je non, je sais bien que c'est indépendant de ta volonté... répond-il en essayant de sourire à travers ses larmes.

Chapitre 9

28 février 2013

Le couple décide de mettre en place un système afin d'organiser leur vie en fonction du problème de Valérie. Cette dernière devra, dès qu'elle aura envie de sortir, l'écrire sur un post-it qu'elle collera sur le frigo. Pierre devra quant à lui, dire « je t'aime » à Val dès qu'elle s'énervera trop, ainsi elle saura qu'elle doit se reprendre… Ils plaisantent avec cela, riant comme des adolescents. Finalement en parler leur a fait du bien.

Le lendemain après-midi, alors que son mari est parti travailler, Valérie a la bonne surprise d'avoir la visite de son fils.

- Salut m'man ! lui dit-il en l'embrassant.

- Bonjour, mon grand ! Quel bon vent t'amène ? lui demande-t-elle.

- Ai-je besoin d'une raison pour venir voir ma mère ?

- Bien sûr que non, mon fils, mais ces derniers temps, tes visites se sont faites rares.

Jérémy voit les larmes perler aux coins des yeux de Valérie, il l'enlace et lui répond :

- Pardon, maman, c'est vrai, je t'ai un peu délaissée ces derniers temps.
- Ne t'excuse pas mon chéri, tu as ta vie, et maintenant ton petit Sébastien, je sais que je suis trop possessive…
- Oui, mais c'est comme ça qu'on t'aime ! lui répond-il en souriant. Valérie éclate de rire.
- Pour moi, tu es encore mon bébé !
- Et du coup, ça t'en fait deux avec Sébastien ! Ils plaisantent encore un moment et Jérémy propose d'aller faire une balade. Sa mère est tout de suite partante, mais subitement freine son enthousiasme.
- Que t'arrive-t-il, maman ?
- Il faut faire un post-it !
- Quoi ?
- Oui, ton père a dit : Balade égale post-it, il faut lui marquer un mot pour dire où je vais !

- Ok, Maman, on va faire ça. Elle lui tend un paquet de stickers, il en détache un soigneusement et inscrit dessus :

Papa, nous sommes allés nous promener avec maman.

- Ça va comme ça ? demande-t-il en lui tendant le mot. Val regarde longuement le papier et lui dit :

- Non, tu n'as pas dit où on allait.

- Ok, donne, je vais l'écrire. Et docilement, il rajoute :

On va jusqu'au bois.

- C'est bon maintenant ? interroge-t-il à nouveau.

- Oui, mais il faut le coller sur le frigo. Tu comprends, ton père s'inquiète, sinon…

- Je comprends, tu as tout à fait raison.

Et ils partent bras dessus, bras dessous faire une promenade dans la magnifique forêt d'à côté.

Ses cours terminés, Pierre va acheter des cigarettes avant de rentrer chez lui. En sortant de chez le buraliste, il tombe nez à nez sur Célia :

- Salut Madame ! lui dit-il avec un grand sourire, comment vas-tu ?

- Bien et toi ?

- Tout doux, bien que je sois l'heureux grand-père d'un petit garçon !

- Oui, Val m'a envoyé un SMS pour m'annoncer la bonne nouvelle ! On se boit un café ?

- Avec plaisir !

Les deux amis se dirigent au bar d'à côté, s'installent en terrasse malgré le froid, afin de pouvoir fumer tranquillement. Ils passent commande, puis Célia met sa main sur le bras de Pierre et lui dit :

- Alors, dis-moi mon Pierrot, pourquoi tu vas tout doux ? C'est Val ? Vous vous êtes disputés ?

Le mari de Valérie aime beaucoup Célia, il y a entre eux un sentiment d'amitié bien plus fort qu'avec ses autres amis. Entre eux, c'est une évidence, ils rient des mêmes choses, ont les mêmes goûts et se comprennent parfaitement bien. Malgré cela, il n'y a jamais eu autre chose que cette formidable complicité, Pierre étant de nature fidèle et très amoureux de sa femme ; quant à Célia, malgré quelques aventures, elle n'a jamais aimé que son défunt mari, et elle respecte trop Val pour tenter quoi que ce soit avec l'époux de cette dernière. Et même si parfois, elle s'est abandonnée à chercher du réconfort sur l'épaule de son ami, la jeune veuve refrène ses élans. Les bras d'un homme lui manquent et Pierre est le seul avec qui elle se sent bien. Elle a expliqué tout ça à son amie. Val a parfaitement compris et accepte les quelques gestes tactiles entre son mari et Célia. Ce n'est pas commun comme situation, mais comme l'a fait remarquer Valérie, ce n'est ni plus ni moins que les gestes d'un frère et d'une sœur, l'un envers l'autre. Entre eux, prime la confiance et c'est ce qui change tout.

Pierre explique à son amie les changements de Val, ses absences, ses colères. Son sentiment de solitude face à cela. Il lui parle également du rendez-vous chez le neurologue où elle avait voulu qu'il l'attende au café en face de l'hôpital. Son désarroi. Célia l'écoute sans l'interrompre, puis elle lui dit que Véro, Laurence et elle-même ont remarqué des changements chez leur amie, que parfois, elle leur donnait rendez-vous et ne venait pas. Elles en ont parlé toutes les quatre, et Valérie leur a avoué avoir un souci avec la mémoire. Célia conclut :

- Je me doute que ça ne doit pas être facile au quotidien, mais si tu as besoin de parler, tu sais que je suis là.

Pierre la remercie, puis ils discutent de choses plus légères. Dix-huit heures sonnent au clocher, ils se lèvent, n'ayant pas vu passer le temps. Les amis s'abandonnent un court instant dans les bras l'un de l'autre en se disant au revoir. Pierre murmure un « merci » et part à grandes enjambées.

Célia le regarde s'éloigner avec un pincement au cœur, elle aime vraiment beaucoup Pierre, et se surprend encore une fois à envier Val. Le professeur saute dans sa voiture, inquiet d'avoir laissé sa femme si longtemps seule, il se demande comment elle va le recevoir quand elle saura qu'il a passé près d'une heure avec Célia.

Arrivé devant chez lui, il est soulagé de voir la voiture de son fils. Il entre dans la maison et les trouve confortablement installés sur le canapé.

- Salut, Jérémy, lui dit-il en l'embrassant, bonjour, mon amour, ajoute-t-il en déposant un baiser sur les lèvres de sa femme.

- Salut, Papa !

- Bonjour mon cœur, tu rentres bien tard ! lui répond Val.

- Excuse- moi, chérie, j'ai croisé Célia en sortant du bureau de tabac et nous sommes allés boire un café, tu ne m'en veux pas ?

- Bien sûr que non, tu as bien fait. Avec Jérémy, on a fait une grande balade, et j'ai pensé à te mettre un petit papier sur le frigo pour que tu saches où on était, répond-elle fièrement.

- C'est bien, mon cœur, lui dit-il en s'asseyant près d'elle ! Il lui passe le bras autour des épaules et les questionne sur la fameuse promenade. Laura étant encore à la maternité, Jérémy accepte l'invitation à diner de ses parents. Il sort un instant appeler sa femme, puis les rejoint. Tous les trois passent une bonne soirée et ils se quittent, heureux d'avoir passé un chaleureux moment ensemble. Le couple va se coucher et Val s'endort paisiblement dans les bras de son mari…

Chapitre 10

Avril 2013

La météo de vingt heures trente, annonce un temps magnifique pour dimanche, aussi Pierre propose-t-il à Valérie d'inviter leurs amis pour un barbecue. Cette dernière, enthousiaste, téléphone tout d'abord à Véro qui est ravie de cette proposition. Cette dernière propose de faire une quiche pour l'apéritif, elles papotent un moment, et Val la laisse pour appeler Laurence. C'est son mari qui décroche, et lui aussi est emballé par l'invitation, il annonce qu'il s'occupera des desserts, que c'est plus prudent. Val rit de bon cœur de la taquinerie de Sylvain, le salue et raccroche. Cette dernière s'apprête à appeler Célia quand Pierre lui propose de le faire lui. Valérie le fixe froidement et lui dit :

- On peut savoir pourquoi tu veux l'appeler, TOI ?
- Ben… Comme ça, j'aime bien Célia.

- Et mes autres copines, non ?
- Si, mais je suis plus à l'aise avec elle.
Pierre sentant venir une scène de sa femme tente un « je t'aime, ma chérie. »
Hélas, ça ne marche absolument pas. Sa femme s'écrie :
- Dis plutôt que Célia te plait ! Oh, mais je comprends bien, elle est seule, belle et sûrement bien plus facile à vivre que moi ! De plus, elle est toujours d'accord avec toi !
- Mais arrête, ce n'est pas vrai…
- Si c'est vrai, peut-être même êtes-vous déjà ensemble ! Je te déteste ! Tu m'entends, je te déteste ! et elle sort en courant de la maison, claquant la porte derrière son passage. Pierre reste saisi. Il ne comprend pas cette jalousie. Il hésite à aller la chercher, il est partagé entre la colère suscitée par les mots très durs et infondés qu'elle lui a dits, et la peine qu'il ressent de la voir dans cet état. Finalement, il se décide assez vite, craignant qu'elle ne s'éloigne dans la nuit. Il attrape une lampe de poche et sort.
- Val ! Je t'en prie, reviens !

Pierre se dirige vers le bois en continuant d'appeler. Mais bien sûr, aucune réponse ne lui parvient. Inquiet, il marche à grands pas, et finalement, au bout de quelques minutes qui lui paraissent interminables, il trouve sa femme recroquevillée au pied d'un arbre en train de sangloter. Il ne sait plus s'il doit s'approcher ou pas.

- Ma puce, murmure-t-il, je n'aime que toi, je te le jure, ne pleure pas, et comme elle n'a aucune réaction, il tente une approche. Il s'agenouille face à elle et la prend dans ses bras.

- Comment peux-tu douter ainsi de moi, je t'aime tellement, viens, rentrons, ajoute-t-il, en l'aidant à se redresser.

Le couple, enlacé, fait le chemin inverse, tout doucement. Pierre continue à murmurer des paroles apaisantes à sa femme, bien que cette dernière n'y réponde pas. Arrivés chez eux, le mari la fait asseoir sur le canapé, et se poste face à elle :

- Chérie, écoute-moi, lui dit-il. J'aime beaucoup Célia, c'est vrai. Elle est la sœur que je n'ai pas, de plus c'est une femme seule qui a eu un grand malheur. Alors oui, je suis toujours là pour elle, mais mes sentiments à son égard n'ont rien à voir avec l'amour que j'ai pour toi, depuis trente ans. Alors, dis-moi, ai-je mérité la scène que tu viens de me faire ?

- Non, répond Val d'une petite voix.

- Et c'est tout ce que tu as à me répondre ? enchaine-t-il.

Valérie se sent mal à l'aise, elle ne comprend pas ce qui lui a pris. Encore cette cochonnerie de maladie qui me joue des tours, se dit-elle.

Elle respire un grand coup et lui avoue d'un ton assez froid :

- Je suis désolée, Pierre, je n'ai jamais été jalouse ni de Célia ni de personne. J'ai confiance en toi, mais crois-moi, tu serais bien plus heureux avec elle ! Je ne me reconnais plus, je ne suis plus celle que tu as aimée, je ne suis plus maîtresse de moi, et ce n'est pas toi que je déteste, mais moi !

- Arrête, dit-il en montant un peu le ton, tu dis n'importe quoi, je suis aussi là pour quand tu n'es pas bien, rappelle-toi que nous sommes mariés pour le meilleur comme pour le pire !

- Mais tu ne comprends pas que d'agir ainsi avec toi me rend malade, tu mérites tellement mieux ! Je n'ai jamais eu, en trente années, à te reprocher quoi que ce soit, tu es tellement parfait. Et moi… Et moi…dit-elle en sanglotant, je suis insupportable avec toi !

- Bon sang ! Arrête ! Je ne suis pas parfait ! Je fais de mon mieux pour que tout se passe bien entre nous, et crois-moi, ce n'est pas toujours facile ! Pierre commence à perdre patience. Tu n'as jamais été comme ça, et je ne te comprends pas toujours, mais je ne veux pas que l'on gâche tout ! Si ça peut te rassurer, je veux bien prendre mes distances avec Célia.

- Non, mon chéri, ne change surtout pas, je te demande pardon, je ne sais pas ce qui m'a pris. J'ai confiance en toi et en mon amie.

Son mari la prend dans ses bras tendrement, et lui répond :

- N'en parlons plus, ma puce, oublions cet incident. Viens, allons nous aimer.
Valérie n'a besoin que de ça, des bras de son époux, de son corps et de la passion qu'il lui témoigne quelques instants plus tard.

Le lendemain, une fois son mari parti au travail, Valérie téléphone à Célia pour lui faire part de son invitation. Celle-ci est bien évidemment ravie de sa proposition. Les deux amies discutent un instant, puis Val lui avoue, sans entrer dans les détails, que la veille, elle a fait une scène de jalousie à son mari. Célia est étonnée, elle lui répond :
- Enfin Val, il n'y a jamais rien eu entre ton mari et moi, je l'aime beaucoup, mais c'est tout.
- Je sais, mais si je t'en parle, c'est justement parce que je ne sais pas ce qui m'arrive, je ne m'explique pas ma réaction, pourquoi, au bout de tant d'années, je réagis comme ça. J'ai confiance en vous deux, alors toi qui est psy, explique-moi !

- Je ne sais pas quoi te dire, peut-être es-tu un peu plus sensible en ce moment.

- Oui peut-être, répond-elle tristement, et elle ajoute, je sais que ces derniers temps je suis impossible à vivre, mais je n'arrive pas à me contrôler.

- Ça va aller, ne t'inquiète pas. Je suis sûre que Pierrot te comprend.

Célia parle longuement à Valérie afin de lui remonter le moral, et elle raccroche. Célia reste sceptique, pourquoi son amie réagit-elle ainsi ? Aurait-elle senti la grande solitude qui l'habite depuis quelque temps ? Elle se promet de faire plus attention à son comportement, elle ne veut en aucun cas faire souffrir Valérie.

Quand Pierre rentre de son travail, sa femme lui parle de son appel à son amie. Il parait gêné et lui dit :

- Tu n'aurais peut-être pas dû...

- Si. Tu sais, c'est important pour moi, je ne veux pas de non-dits entre nous, nous sommes amies depuis si longtemps, et tu sais je m'en veux beaucoup d'avoir eu cette réaction…

- On avait dit que l'on n'en parlait plus, dit-il d'un ton contrarié.

- C'est vrai, mais j'ai tellement honte !

- Passe là-dessus, je suis fatigué. Je voudrais qu'on parle d'autre chose, j'ai eu une journée infernale avec mes élèves, et je voudrais rentrer chez moi et ne plus avoir à me prendre la tête ! C'est possible ça ? demande-t-il d'une voix tremblante de colère.

- Oui, répond-elle d'une petite voix. Valérie a rarement vu son mari s'emporter si vite, aussi elle ajoute d'un ton sec,

- Tu as raison, tu n'es pas parfait !
Pierre, excédé, s'emporte d'un coup, il hurle :

- Non je ne suis pas parfait ! Et je n'en peux plus Val ! Tu peux comprendre ça ? JE N'EN PEUX PLUS ! Arrête ! Arrête de me chercher des querelles, fous-moi la paix ! Et il prend ses clefs de voiture, claque la porte et s'en va. Valérie reste pétrifiée. Elle ne reconnait plus son mari. Elle admet au fond d'elle-même qu'elle a peut-être été un peu loin. Puis la fatigue la gagne, elle s'allonge sur le canapé, se couvre d'une couette et s'endort.

Pierre a sauté dans sa voiture et roule sans but précis. Il s'arrête et s'écroule sur son volant. Il se met à sangloter, il n'en peut plus ! Lui qui n'a que très rarement versé de larmes dans sa vie, en ce moment, il n'arrête pas. Mon Dieu, songe-t-il, donnez-moi la force de supporter tout ça ! Il sort de la voiture et allume une cigarette. Ses pensées vont vers Célia. Il a soudain envie d'entendre sa voix. N'osant pas aller la voir de peur de la réaction de sa femme si elle l'apprenait, il téléphone à son amie. Une voix joyeuse lui répond :

- Allo ?
- Salut, c'est Pierre.
- Hello ! Comment vas-tu mon Pierrot ?
- Bof !
- Valérie m'a raconté votre dispute d'hier…
- Oui, elle est impossible en ce moment, je suis parti en claquant la porte…
- Mais où es-tu ?
- Un peu en dessus de Verthemex…

- Tu veux passer à la maison ?

- Non, c'est gentil, mais ça ferait encore des histoires, j'avais besoin de parler un peu…

- Que s'est-il passé, tu as l'air bouleversé ?

- Je suis à bout, Célia. J'aime Val, tu le sais, mais je n'y arrive plus. Tu vas trouver ça déplorable, mais je n'arrête pas de craquer, en ce moment. Je ne vais pas tenir le coup, miss…

- C'est normal, Pierre, tu ne peux pas tout supporter et en sortir indemne. Il faut te faire aider, va voir le neurologue de ta femme, et parle-lui de son comportement.

- Je ne peux pas faire ça, si elle l'apprend, elle ne me le pardonnera jamais.

- Mon Pierrot, si seulement je pouvais t'aider, je le ferais...

- Tu es là, et pour moi, c'est énorme. Je n'ose en parler à personne, pas même aux enfants. Je vais rentrer à la maison, merci de m'avoir écouté, merci…

- Je t'en prie, n'hésite pas si tu as besoin…

- Bonne nuit, miss, bisous.

- Je t'embrasse, mon Pierrot.

Et Célia raccroche. Pierre respire profondément et remonte dans sa voiture. Il rentre chez lui ; parler avec son amie l'a un peu calmé.

Quand Pierre pénètre dans sa maison, il trouve celle-ci bien silencieuse. Un peu inquiet, il entre dans le salon, puis voit sa femme étendue sur le canapé, le souffle lui manque, il se précipite, la secoue en criant :

- Val !

Cette dernière hurle de frayeur. Elle ne comprend pas ce qui se passe. Son mari, après l'avoir secouée, la serre dans ses bras :

- Ma chérie, j'ai eu si peur !

- Mais… pourquoi ? s'étonne-t-elle.

- Écoute, je me suis emporté tout à l'heure, je te demande pardon, j'étais fatigué…

- Ce n'est rien, nous nous sommes disputés comme des jeunes amoureux, je trouve ça plutôt marrant ! lui répond-elle en souriant.

Pierre ne comprend plus rien, chaque fois que sa femme se réveille, tout semble avoir été oublié. Il n'insiste pas et propose de commander une pizza chez son copain Roger, car une fois encore, son épouse a oublié de préparer à manger. Val est enchantée de l'idée et suggère d'inviter Célia. Son époux approuve, mais sans enthousiasme, craignant de déclencher une quelconque scène de jalousie. Valérie appelle son amie qui accepte aussitôt. Cette dernière propose de passer chez Roger en venant. Ni une, ni deux, l'hôtesse prépare une salade composée sous les yeux médusés de son mari. Il retrouve sa femme comme il l'a connue, pleine d'énergie. Il s'approche d'elle, l'embrasse dans le cou et lui dit :
- J'aime quand tu es ainsi, gaie et pleine de vitalité…
- Merci, lui répond Valérie avec un grand sourire.
La sonnerie les surprend. Célia a fait vite, le couple l'accueille chaleureusement. Cette dernière s'attendant à trouver une

ambiance froide est agréablement surprise de les voir tout joyeux.

- Salut ! J'ai amené un peu de marijuana, on fume un peu, avant de manger ?

- Non, merci, tu sais que nous ne sommes pas adeptes d'herbe. Buvons plutôt l'apéritif…

- Mais j'en ai envie, moi !

- Tu ne devrais pas fumer autant, c'est une vraie addiction, pour toi, la sermonne Pierre.

- Je sais que vous avez raison, mais j'ai du mal à m'en passer.

- Tu ne seras pas en état pour rentrer chez toi ! lui répond Pierre.

- Elle n'a qu'à dormir ici puisque demain c'est samedi. Tu ne travailles pas ? demande-t-elle, se tournant vers son amie.

- Heu… non. Mais je ne veux pas vous embêter, répond cette dernière un peu gênée.

- Mais non, ça ne nous embête pas, voyons ! Tu dis ça par rapport à ma stupide jalousie d'hier ? Allez, si tu acceptes, c'est que tu ne m'en veux pas !

- Alors d'accord, mais toi, Pierrot, ça ne t'ennuie pas ?

Les deux femmes regardent Pierre, resté silencieux.

- Pour moi, il n'y a pas de souci, répond-il en souriant. Les trois amis s'installent confortablement sur les fauteuils de la terrasse, avec leurs verres. Tout de suite, Pierre, qui est tendu depuis quelque temps, sent les effets de l'alcool. Il est bien, entouré de sa femme et de sa meilleure amie. Une douce torpeur l'envahit. Bercé par la jasette des deux femmes, il s'endort. Valérie va chercher un plaid et l'en recouvre. Val et Célia le regardent dormir avec attendrissement, quand cette dernière dit :

- Tu as tellement de chance de l'avoir, c'est l'homme idéal, comme l'était mon mari. Comme j'aimerais de nouveau me blottir dans les bras d'un homme, mais aucun ne me plait suffisamment.

- Mis à part Pierre, n'est-ce pas ? lui demande gentiment Valérie.

- Oui, pardon de te dire ça, mais Pierre est le seul homme que j'admire vraiment, je ne l'aime pas d'amour, enfin il ne me semble pas, mais je l'adore ! Tu m'en veux ?

- Non, Célia, comment pourrais-je t'en vouloir, tu as raison, il est tout simplement merveilleux.

- Prends soin de lui, Val, prenez soin de vous, de votre amour, c'est si dur d'être seule, tu sais. Ma vie n'a plus jamais été la même depuis que Christophe s'est tué. Te rappelles-tu la passion qu'il y avait entre nous ? On a eu si peu de temps ; il m'a fait une petite fille et il nous a quittées ! Célia se met à pleurer, son amie la prend dans ses bras et lui dit :

- Ne pleure pas, je sais que la vie a été injuste avec toi, mais tu dois regarder vers l'avenir.

- Oui, mais j'ai un tel besoin de tendresse…

Pierre émerge de son sommeil, surpris de trouver son amie en larmes.

- Que t'arrive-t-il, miss ? lui demande-t-il inquiet, en se relevant pour la rejoindre.

- Juste un petit coup de cafard, Pierrot. Tu sais, Christophe me manque encore tellement malgré les années qui ont passé.

Val, voulant faire diversion, propose de nouveau à boire et devant leur accord, s'empresse d'aller à la cuisine, chercher tout ce qu'il faut.

Son mari s'agenouille devant son amie et lui demande tout doucement :

- Ça va aller ? Et moi qui t'embête avec mes soucis alors que tu as connu tellement pire que nous.

Célia se jette contre lui en sanglotant. Pierre l'enveloppe de ses bras et la berce, bouleversé de voir son amie dans cet état.

Valérie arrive avec son plateau, les voit enlacés. Ils ont l'air seuls au monde. Ils forment un couple magnifique, songe-t-elle furtivement. Elle, pleurant contre son torse, lui, caressant ses cheveux en lui parlant tout doucement. Elle n'ose plus bouger, ne sait plus quoi faire, quoi penser.

Son mari l'aperçoit, il panique :

- Chérie, ce n'est pas ce que tu crois… Il lâche Célia qui recule, comme prise en faute.

- Val, Pierrot me consolait juste, je te le jure ! ajoute cette dernière, en s'essuyant les yeux.

Mais Valérie reste immobile, ne parle pas. Elle est comme paralysée, son regard ne les lâche pas et pourtant on dirait qu'elle est absente.

- Chérie, dit son mari, en se précipitant vers sa femme, dis quelque chose !

Mais cette dernière reste sans réaction, elle murmure juste :

- J'ai amené d'autres boissons…

Pierre lui prend le plateau des mains, le pose et prend sa femme dans ses bras :

- Mon cœur, Célia pleurait, et je l'ai juste consolée comme un ami, tu comprends ?

- Oui, oui, bien sûr, mais ça m'a fait bizarre de vous voir comme ça… Mais tu as bien fait, je crois qu'elle avait besoin du réconfort d'un homme.

Pierre se demande si sa femme ironise ou si elle comprend vraiment Célia. Cette dernière lui répond :

- Merci, Val, de me comprendre.

Son amie lui sourit et lui dit :

- Évidemment que je te comprends, nous sommes amies depuis des années. Sur le coup, vous voir enlacés, ça m'a perturbée, mais ne t'inquiète pas, tout va bien maintenant.

Célia s'approche de sa copine et la serre dans ses bras en murmurant :

- Merci, et elle ajoute très naturellement, on se boit un autre apéritif ?

- Ok, répond Pierre, soulagé, ce soir je me lâche !

Ils passent une bonne soirée, dans un état pas très clair, mais finalement, ils ont tous les trois besoin de lâcher un peu prise. L'amie du couple va se coucher dans l'ancienne chambre de Jérémie, à laquelle, bien sûr, Valérie n'a rien changé.

Une fois dans l'intimité de leur chambre, Valérie blottie contre son épaule, Pierre pense au moment où son amie a pleuré dans ses bras. Il avait eu envie de la garder contre lui, et pour la première fois depuis son mariage, il se demande ce qui se serait passé si sa femme n'était pas arrivée.

- Chérie, demande-t-il doucement, tu dors ?

- Non, pourquoi ?

- Je voulais te dire pour tout à l'heure, quand Célia a eu son coup de cafard…

- Ne t'inquiète pas mon cœur, le coupe-t-elle, j'ai été surprise, mais tu as bien fait de la réconforter, elle avait vraiment besoin de toi, elle se sent si seule sans Christophe, et quelquefois les bras d'un homme font plus de bien que ceux d'une amie.

- Oui, tu as sans doute raison, néanmoins, je te remercie de ta compréhension et de ta confiance, lui répond-il. Le couple se souhaite bonne nuit, s'embrasse, et s'endort l'un contre l'autre.

De son côté, Célia pense, elle aussi, au moment où elle a été dans les bras de Pierre. Elle s'y est sentie si bien ! Elle se demande si Pierrot a ressenti la même chose qu'elle, mais elle s'en veut d'éprouver de tels sentiments. Valérie ne mérite pas ça, elle lui fait confiance et elle, elle se laisse aller dans les bras du mari de sa meilleure amie ! Elle s'endort malgré tout assez rapidement, les rêves peuplés d'étreintes de Pierre…

Chapitre 11

Le dimanche arrive rapidement, et tous les amis débarquent les bras chargés de victuailles chez les Maurois pour la journée « barbecue ». Le soleil est au rendez-vous. Il règne comme une ambiance estivale en ce mois d'avril exceptionnellement chaud. Rien ne manque ni le chant des oiseaux ni la légère brise qui frôle les visages détendus. Tous sont ravis de se retrouver, le ton y est léger et ils attaquent l'apéritif dans la bonne humeur. Pierre, qui habituellement, n'est pas un grand buveur, boit un verre après l'autre, se retrouvant ainsi très vite gai. Ses amis s'amusent de le voir si expansif, lui qui d'habitude est d'une nature assez réservée. Il plaisante avec ses amis, badine avec les femmes de ses copains, il semble rajeuni. Valérie le regarde évoluer joyeusement de l'un à l'autre, il vient régulièrement l'embrasser et elle se sent heureuse avec tout son petit monde autour d'elle. Serge juge plus prudent de s'occuper du barbecue vu l'état d'ébriété avancé de son ami. Pierre proteste pour la forme, mais il sent bien qu'il a abusé des apéritifs et qu'il n'est pas très opérationnel.

Il est bien, décontracté comme il ne l'a pas été depuis longtemps.

En milieu d'après-midi, il a bien du mal à rester debout. Célia attend qu'il soit seul et s'approche de lui :

- Ça ne va pas, mon Pierrot ?

- Mais si, au contraire, il y a longtemps que je n'ai pas été aussi bien ! Je crois que je vais me mettre à boire tellement je me sens détendu, plaisante-t-il en la prenant par le cou. Tu sais que j'adore quand tu m'appelles Pierrot, tu es la seule à m'appeler ainsi !

- Arrête, je n'aime pas te voir ivre, pourquoi bois-tu comme ça ?

- Dis donc, miss, mais tu m'engueules là !

- Cesse de boire, mon Pierrot, murmure-t-elle avec tristesse, l'alcool n'est pas une solution, ce n'est qu'un bonheur artificiel…

- C'est toi qui me dis ça, alors que tu fumes des joints sans arrêt ! Oh Célia, relax ! Que t'arrive-t-il ? Viens boire un coup ! répond-il en l'attirant vers la table où se trouvent les boissons. Il ne remarque pas les yeux pleins de larmes de son amie. Cette dernière se dégage et le plante là. Valérie qui a suivi la scène de loin n'a pas entendu leur conversation, mais elle remarque le visage bouleversé de son amie. Elle va la retrouver et lui demande ce qui ne va pas.

- Je n'aime pas voir les gens ivres à ce point, et ça me fait de la peine de voir Pierrot dans cet état ; d'ordinaire, il est plutôt raisonnable… répond-elle.

- Calme-toi, je sais que Christophe avait un peu bu au moment de son accident, mais le chauffard n'a pas respecté le stop. Que ton mari ait bu ou pas, ça n'aurait rien changé ! Et Pierre ne va pas bouger d'ici, il ne risque rien. Tu sais, si ça peut lui faire du bien de se détendre avec ses amis, moi ça me va, il décompresse un peu.

- Tu as peut-être raison… dit-elle.

- Allez, tranquillise-toi, prends un verre, fume un joint, mais fais quelque chose, car je crois que tu as vraiment besoin de te laisser un peu aller ! suggère Valérie.

- Ton mari m'a fait remarquer que je consommais beaucoup de marijuana…

- Il t'a dit ça ? s'étonne Val, écoute il n'est pas dans son état normal, il est complètement ivre, n'y prête pas attention !

- Ça m'a fait mal venant de sa part, mais tu sais, il a raison, lui répond-elle les yeux débordant de larmes.

- Allez, calme-toi…

- Mais que crois-tu que je fais le soir, quand je me retrouve seule dans ma maison, dans le silence où même le téléphone reste muet. Comment crois-tu que je puisse supporter cette solitude qui me mine chaque soir un peu plus ? Je fume de l'herbe ! Je suis seule ! SEULE ! TOUJOURS SEULE ! Et Célia éclate en sanglots. Son amie ne sait plus quoi faire, quoi dire. Non loin d'elle, Véro et Laurence l'entendent s'emporter. Elles s'approchent et la voient en larmes. Valérie leur explique la situation en deux mots. Les trois amies s'emploient à lui remonter le moral, et après que Célia ait fumé de l'herbe, elle se sent un peu apaisée. Pendant ce temps, Sylvain, qui est professeur de musique dans le même lycée que Pierre, est allé prendre sa guitare qu'il ne manque jamais d'emporter lors des « bringues » avec ses copains. Les femmes rejoignent les hommes assis en tailleur, et chacun se laisse porter par la belle voix de Sylvain. Ce dernier les invite à chanter avec lui. Puis, le soleil se couchant, les amis aident à débarrasser, ils boivent le café à l'intérieur, et Serge lance une invitation pour une nouvelle journée « barbecue » pour le mois de mai.

Une fois les invités partis, Pierre dit à sa femme :

- Tu ne m'en veux pas, chérie, si je m'allonge deux minutes sur le canapé, après je t'aide…

- Ne t'inquiète pas, repose- toi, je vais ranger, lui répond-elle.

Cinq minutes plus tard, comme s'y attendait Valérie, son mari dort à poings fermés. Elle s'active et tout retrouve vite sa place. Elle couvre son mari d'un plaid et monte se coucher.

Chapitre 12

Le lendemain matin, Valérie est réveillée par une bonne odeur de pain grillé. Elle se lève toute souriante et va rejoindre son mari :
- Bonjour, mon cœur.
- Bonjour, ma petite femme, comment vas-tu ?
- Bien, et toi ?
- Bien, assieds-toi, tout est prêt.
- Merci, c'est gentil. Tu n'as pas mal à la tête ?
- Si, pourquoi ? Ça se voit ?
- Le mal de tête, non, mais l'abus d'alcool que tu as fait hier, ça, oui, ça se voyait ! répond-elle en riant.
Pierre, sachant qu'elle a sûrement raison, préfère en rire :
- Tant que ça ? Oh, j'étais juste un peu éméché…
Valérie prend un air très sérieux et lui dit :
- Tu ne te rappelles pas avoir fait pleurer Célia, n'est-ce pas ?

- Quoi ? Qu'est-ce que tu dis ? Moi, je l'aurais fait pleurer ?

- Oui, chéri, toi !

- Mais, qu'est-il arrivé ?

Sa femme lui explique en détail ce qui s'est passé la veille. Pierre blêmit, il a blessé son amie et s'en veut terriblement.

- Comment puis-je rattraper ma bêtise ? demande- t-il à sa femme.

- Va la voir en sortant du travail et présente-lui des excuses.

- Oui, je vais faire comme ça. Allez, j'y vais, mes élèves m'attendent, à ce soir, lui dit-il en l'embrassant.

- À ce soir, et merci pour le petit déjeuner.

Pierre monte dans sa voiture, et aussitôt ses pensées vagabondent vers Célia. Il s'en veut terriblement ; devoir attendre ce soir pour s'excuser, le rend malade. Arrivé au lycée, il envoie un SMS à son amie pour lui demander d'être chez elle vers dix-sept heures, il a besoin de la voir. Elle répond simplement « ok ».

La journée est longue pour le professeur, enfin arrive la fin des cours. Il quitte précipitamment l'école afin de se rendre chez Célia. Il roule vite, et y arrive rapidement. Il frappe, elle lui ouvre la porte, et lui dit :

- Entre, et ne regarde pas ma tête, j'ai fait comme tu le sais, j'ai fumé ! J'ai annulé un rendez-vous pour toi ! Tu penses bien, pour une fois que j'ai de la visite un soir, je n'allais pas louper ça !

Pierre la regarde débiter des paroles sans lui laisser le temps d'en placer une. Elle continue sur sa lancée :

- Tu es déçu, hein ? Tu ne m'avais jamais vue dans cet état, ben, c'est grâce à toi ! dit-elle avec un rire cynique, en titubant vers le canapé. Pierre la suit, s'assied, lui met un bras autour des épaules, et lui dit :

- Célia, je suis vraiment désolé, je n'ai pas voulu te faire de peine, j'avais bu et j'ai dit n'importe quoi. Je suis un idiot.

- Non, Pierrot, c'est justement quand on est ivre que l'on dit ce que l'on pense vraiment. Que crois-tu ? bien sûr que je sais que je me détruis, mais je n'ai plus la force de continuer… Chaque jour est plus difficile

que le précédent… Rien ne changera jamais pour moi, ma vie est finie…
Son ami la serre contre lui :

- Écoute, miss, ne dis pas ça. Tu as ta fille, ton petit-fils, tes amis… je sais comme tu souffres encore de la disparition de Christophe, de cette solitude forcée, et je comprends très bien que tu aies besoin de t'évader le soir, mais le problème, c'est que tu fumes de plus en plus…

Célia se met à pleurer doucement en se blottissant entre les bras de Pierre. Il lui caresse les cheveux, ne sachant plus trop quoi lui dire pour enlever la peine qu'il lui a faite. Il ajoute :

- Et puis, moi, comment ferais-je sans toi ?

Cette dernière finit par se calmer, mais, subitement, tourne son visage vers Pierre et cherche à l'embrasser en l'enlaçant. Il la repousse brusquement :

- Arrête ! Ne fais pas ça !

- Je t'en prie, embrasse-moi, rien qu'une fois, le supplie-t-elle en se serrant contre lui…

Pierre doit prendre sur lui pour lui résister :

- Non, s'il te plait, arrête ! Écoute-moi, miss, tu es très belle, très désirable, mais je suis marié et avec ta meilleure amie ! lui rappelle- t-il fermement.
- Pardon, mon Pierrot, mon Dieu, qu'est- ce que j'allais faire, pardon, pardon, lui dit-elle en se remettant à pleurer.
- Allez, calme-toi, tu as dû beaucoup fumer pour être dans cet état ! Oublions cet égarement, je n'en parlerai pas à Val et nous, nous n'en parlerons plus jamais, d'accord ?
- Oui, merci, murmure-t-elle.
- Tu nous fais un café ? demande- t-il pour faire diversion.
- Tu ne veux pas le faire, toi, s'il te plait, je ne suis pas vraiment en état, réplique-t-elle.
- Bien sûr.

Pierre est gêné, il se dirige vers la cuisine, la laissant au salon. Il prépare les cafés, il ne sait trop quoi dire et préfère donc se taire, la laisser parler si elle en a envie. Mais aucun bruit ne lui parvient du salon, il en conclut que son amie est aussi embarrassée que lui. Quand il amène les boissons, Célia est allongée sur le canapé, elle dort. Il pose le plateau sur la table basse, s'assied en face d'elle sur un fauteuil, et la regarde dormir. Il la trouve belle, émouvante, elle semble si fragile dans son sommeil. Pierre repense au baiser de son amie, il a eu envie lui aussi de l'embrasser, se félicite d'avoir réussi à résister. Il n'a jamais trompé Val, il ne va pas commencer maintenant, mais c'est la première fois qu'il est attiré par une autre femme que la sienne. Et l'autre soir, il a déjà eu envie d'étreindre Célia. Que lui arrive-t-il ? Il se lève et passe en revue toutes les photos accrochées sur un pan de mur. Il y en a quelques-unes de Christophe sur sa moto, d'autres en couple ou alors avec leur fille ; il y en a une de Serge, Sylvain et lui, se tenant par les épaules, une de Célia en train de rire avec ses trois amies ; plusieurs de sa fille et de son petit-fils Yanis ; et une petite, où ils ne sont que tous les deux, se tenant par la main. On pourrait croire à un couple d'amoureux. Pierre n'a jamais vu les choses sous cet angle ; pour lui jusqu'à ces derniers temps, il n'y a jamais eu d'ambigüité, elle était tout simplement sa meilleure amie. D'un coup, il réalise qu'il doit être tard, que Val va s'inquiéter, il met une couverture sur son amie, dépose un baiser sur sa joue et sort sans bruit. L'heure a passé sans qu'il s'en aperçoive, et il entend déjà, au loin, le clocher sonner dix-neuf heures. Pierre est épuisé entre la journée de la veille et le début de soirée chez Célia, aussi espère-t-il trouver sa femme d'aussi bonne humeur que le matin. Quand il passe la porte, il comprend tout de suite que Valérie va lui faire une scène.

- Ah, quand même ! Tu te rappelles que tu as un chez-toi ! lui dit-elle d'un ton agressif.

- Je t'en prie Val, ne commence pas, je suis fatigué, tu savais que je devais passer chez Célia.

- Oui, le coupe-t-elle, y passer ne veut pas dire y rester deux heures !

- Je suis désolé, excuse-moi, Célia avait beaucoup fumé, elle n'avait pas le moral, et j'ai essayé de la réconforter un peu…

- Et je peux savoir ce que tu lui as fait pour la « réconforter » réplique-t-elle durement.

- On a parlé, c'est tout ! Viens m'embrasser au lieu de me faire une scène…dit-il, en l'enlaçant.

- Non, mais qu'est-ce que tu crois ? Que tu vas passer des bras de l'une à ceux de l'autre ! s'énerve Valérie, en le repoussant violemment.

- Bon sang ! Arrête Val ! Puisque je te dis que l'on a simplement parlé ! On ne va pas gâcher notre soirée, j'ai envie que l'on s'installe un peu tous les deux, tranquilles sur le canapé.

- Dis-moi franchement, as-tu pensé à moi, ne serait-ce qu'une fois, pendant que tu étais avec elle ? Non ! Alors ta soirée, tu la passeras tout seul ! Et Valérie monte se coucher.

Pierre se dit qu'il devrait peut-être rejoindre sa femme, mais il n'en a ni le courage ni l'envie. Oui, bien sûr qu'il a pensé à Val, sinon il aurait cédé aux avances de son amie, mais ça, il ne peut pas le lui dire.

Aussi, fatigué, découragé, s'allonge-t-il sur le canapé en essayant de suivre un film à la télévision, mais la lassitude, puis la culpabilité d'avoir désiré Célia, l'empêche de se concentrer. Au bout d'un moment, il éteint la télévision, va boire une bière, manger un morceau de gâteau de la veille et monte se coucher. Pierre trouve sa femme endormie, elle a dû prendre des somnifères, comme la boîte ouverte sur sa table de nuit le lui laisse supposer. Il s'allonge près d'elle, l'enlace et lui murmure :

- Bonne nuit, ma puce…

Chapitre 13

La nuit est réparatrice. Quand Pierre se réveille, il embrasse sa femme, lui murmure :
- Pardon pour hier, ma chérie, j'étais fatigué, mais je t'aime, n'en doute jamais.
- Moi aussi, je t'aime, et j'ai tellement peur de te perdre…

Le couple se lève, déjeune, et Pierre part à son travail après avoir embrassé sa femme. Arrivé au lycée, il voit qu'il a un SMS de Célia :
« Pardon pour hier mon Pierrot, j'ai tellement honte ! »
Ce dernier s'empresse de lui répondre :
« Ne t'inquiète pas, c'est trop d'herbe qui t'a fait trop d'effet ! On oublie ? »
Deux minutes après, la réponse lui parvient :
« Ok, alors nous sommes toujours les meilleurs amis du monde ? »
Pierre répond :
« Bien sûr, miss ! Passe une bonne journée, bisous ».

« *Merci, toi aussi, bisous* » lui renvoie- t-elle.

Célia, rassurée, range son portable et se dirige vers son cabinet. Elle culpabilise d'avoir essayé d'embrasser son ami. Heureusement qu'il l'a repoussée, elle s'en serait vraiment voulu de faire ça à Valérie. Elle songe qu'il faut absolument qu'elle diminue sa consommation d'herbe, et surtout mettre un peu de distance avec Pierre qui l'attire de plus en plus.

Ce dernier entre dans sa classe, un peu en avance. Il regarde par la fenêtre, voit les lycéens dans la cour, respirant la jeunesse, et d'un coup il se sent vieux. De nouveau une grande lassitude le gagne, mais que m'arrive-t-il ? se demande Pierre. Il faut que je réagisse. Je vais proposer un week-end en amoureux à Val, ça nous fera du bien. Fort de son idée, le professeur respire un bon coup et va attendre ses élèves. La journée passe lentement, et enfin il entend la dernière sonnerie. Les lycéens se précipitent dehors tels une volée de moineaux avec des « au revoir, M'sieur ! ».

Il range ses affaires, est tenté d'appeler Célia pour savoir comment elle va. Il hésite puis cède à son envie.

- Salut, miss, c'est Pierre.
- Salut…
- Comment vas-tu ?
- Bien mieux qu'hier … Et merci de m'avoir recouverte d'un plaid… Excuse-moi de m'être endormie alors que tu étais chez moi…
- N'en parlons plus. Je voulais être sûre que ton moral allait mieux… Promets-moi de ralentir un peu l'herbe, hier tu avais vraiment forcé la dose !
- Oui, ne t'inquiète pas, ça va aller.
- Je voulais aussi te dire que Val m'a fait une scène terrible vu l'heure à laquelle je suis rentré. J'ai donc dû lui dire que tu avais beaucoup fumé et que tu étais déprimée, d'où l'heure tardive de mon retour…
- Et ?
- Et c'est tout. Il n'y a rien eu d'autre, Célia, d'accord ?
- D'accord. Et après ça a été ?
- Non, mais ce matin c'était passé…

- Je suis désolée, tu n'avais pas besoin de ça !

- J'ai eu une vie trop tranquille jusqu'à maintenant, alors il faut croire qu'elle se venge ! plaisante Pierre.

- Je suis désolée, Pierrot…

- Arrête d'être désolée, ce n'est pas grave ! Je vais proposer un week-end en amoureux à Valérie, je ne m'occupe pas assez d'elle, elle a besoin de beaucoup d'attentions en ce moment, tu sais…

- Oui, je sais. Tu as raison, ça vous fera du bien.

- Allez, prends bien soin de toi, miss, bisous.

- Oui, ne t'inquiète pas. Je t'embrasse, répond-elle en raccrochant. Des larmes coulent sur son visage. Elle se rend compte qu'elle aime vraiment Pierre, une violente jalousie l'a saisie quand il lui a parlé de son projet avec Val. Elle sait cet amour à sens unique et quand bien même il ne l'aurait pas été, jamais elle n'aurait trahi Valérie.

Pierre a hâte d'annoncer à sa femme son idée pour le week-end prochain. Quand il arrive, elle est assise sur le canapé en train de feuilleter l'album photo de leur mariage.

- Bonjour, ma chérie, j'ai une bonne nouvelle, lui annonce-t-il en l'embrassant.

- Bonjour, regarde, comme on était jeune ! Quelle magnifique journée c'était ! Tu te rappelles ?

- Oui Val, je m'en souviens, mais tu as écouté ce que je t'ai dit ?

- Oui, mais regarde…

Pierre soupire, prend sur lui pour rester calme, s'assied près de sa femme, lui prend l'album des mains, et lui dit doucement :

- Ma puce, on va les regarder ces photos, mais d'abord écoute-moi, je t'en prie.

- Oui, qu'y a-t-il ?

- J'avais envie de t'emmener en week-end dans le Midi, ça te ferait plaisir ? Rien que nous deux, en amoureux.

- Oh oui ! s'enthousiasme Valérie, on part quand ?

- Vendredi soir. Tu prépares les valises dans la journée et hop, dès mon retour du travail, en route ! Je vais réserver un hôtel sur internet. Tu verras, ma chérie, ça va nous faire beaucoup de bien de nous retrouver un peu tous les deux à la mer !

- Tu es tellement gentil, c'est une très bonne idée que tu as eue.

- Merci, ma puce, je savais que ça te plairait. lui dit-il en l'enlaçant, il pense brièvement à Célia, à l'attirance qu'il a eue pour elle, sûrement due à leur vie agitée en ce moment. Le voyant pensif, Valérie lui demande :

- À quoi penses-tu, chéri ?
- Pardon, à rien, à nous ! répond-il en l'embrassant.
Ils passent une très bonne soirée, à évoquer leur prochain week-end. Pierre trouve un très bel hôtel et fait les réservations. Le reste de la semaine se déroule sans problème. Le vendredi matin arrive, le mari de Valérie lui rappelle de bien penser à faire les valises, ainsi dès son retour du lycée, il prendra une douche, et ils partiront. Cette dernière lui dit de ne pas s'inquiéter, tout sera prêt ce soir. Après un dernier bisou, le professeur part et Val sort immédiatement

les valises. Puis, elle pense qu'elle n'a pas dit à ses copines qu'elle part en week-end. Elle appelle d'abord Véro, puis Laurence, qui sont toutes deux ravies pour elle. Enfin elle téléphone à Célia. Quand elle lui parle du projet de Pierre, celle-ci lui parait triste.

- Ça n'a pas l'air d'aller, constate Valérie.

- Si, si, je suis juste un peu fatiguée. Je suis contente pour toi, ça vous fera du bien. Profite bien de ton mari, moi je suis invitée chez ma fille, ça fait un moment que je n'ai pas vu Yanis. Il me manque.

- Ça te changera les idées, fais-leur un bisou pour moi.

- Ok, on s'appelle à ton retour, bises.

- D'ac, bisous.

Valérie raccroche, et oubliant les valises, s'active dans sa maison, puis décide de nettoyer la chambre de Jérémy à fond. Dès qu'elle entre dans la pièce, une vague de nostalgie la submerge. Dieu, que son fils lui manque ! Elle serre contre elle l'oreiller de Jérémy, regarde toutes ces choses qu'il affectionnait. Sa belle-fille est adorable, mais Val a toujours été fusionnelle avec son garçon, et elle souffre de son absence. Une angoisse l'étreint, elle s'allonge sur le lit, ferme les yeux, se remémore l'enfance de Jérémy, et finalement s'endort. Deux heures plus tard, Val se réveille, ne se rappelle plus si elle a pris ses médicaments, et donc les reprend. Elle songe, je vais finir la chambre de mon fils, avant qu'il ne rentre.

Quand Pierre revient de ses cours, il voit les valises vides sur les chaises. D'un coup, son enthousiasme retombe. Il entend sa femme s'affairer à l'étage, monte, la trouve dans la chambre de Jérémy. Il respire un bon coup afin de tenter de rester calme.

- Chérie, que fais-tu ?
- Ben, je finis la chambre du petit avant qu'il ne rentre de l'école !
- Mais quel petit, Val ?
- Enfin ! Jérémy !

Pierre reste pétrifié. Après un temps d'arrêt, il saisit sa femme par le poignet et joignant le geste à la parole, il lui dit :

- Assieds-toi deux minutes sur le lit et écoute-moi : notre fils est marié, papa d'un petit garçon, donc il ne va pas rentrer ce soir à la maison, car il a SA maison. Tu te rappelles ? Dis, tu t'en rappelles de ça ? s'emporte Pierre.

Valérie le regarde comme s'il avait perdu la tête, puis elle réalise l'énormité de ce qu'elle vient de lui dire.

- Oui, c'est vrai…et les valises ? J'ai oublié de faire les valises, j'y vais vite, j'en ai pour un quart d'heure… Et elle sort précipitamment de la chambre. Son mari reste assis, prostré, sur le lit, anéanti. Mon Dieu, pense-t-il, elle perd la tête ! Il ne sait plus quoi faire, il n'a plus envie de partir, mais déjà, Valérie revient, toute souriante :

- Ça y est, chéri, tout est prêt, on peut y aller !

- Alors, allons-y, dit-il sans entrain.

- Ça n'a pas l'air d'aller, chéri, demande-t-elle.

- Si, juste un peu de fatigue. Je vais prendre une douche, ça ira mieux après.

- D'accord, lui répond-elle gaiement, je vais arroser les fleurs pendant ce temps !
Il acquiesce et va s'enfermer dans la salle de bain. Pierre laisse couler l'eau sur son corps, espérant arriver à se détendre. Il a envie de parler avec Célia, mais il se raisonne. Il faut qu'il cesse de l'appeler dès que ça ne va pas. La douche finie, il en ressort effectivement un peu plus apaisé. Il sort fumer une cigarette et regarde sa femme s'occuper des fleurs. Il la trouve belle. Repenser à la scène de tout à l'heure lui fait mal. Après le week-end, il lui demandera de retourner chez son médecin, il lui semble que ses troubles du comportement s'accentuent depuis quelque temps.

Chapitre 14

L'hôtel réservé est magnifique, Valérie s'émerveille comme une petite fille et Pierre ne regrette pas son initiative. Il veut que tout soit parfait, que leur couple se retrouve vraiment. Après avoir déposé leurs bagages, les vacanciers décident d'aller à la recherche d'un restaurant. Ils marchent main dans la main, Valérie est très gaie, très bavarde, à la limite de la logorrhée. Pierre commence à se détendre vraiment. Les amoureux trouvent une jolie petite auberge où ils mangent des spécialités du coin. À la fin du repas, ils se promènent un peu, puis regagnent leur chambre. Le couple se douche ensemble, puis après s'être aimé dans le grand lit à baldaquin, les deux amants s'endorment rapidement, Pierre étant épuisé, tant par les kilomètres qu'il a faits, que par tous les évènements de la journée.

Est-ce la fatigue du voyage, le récent changement de lieu, toujours est-il que Valérie fait un cauchemar où elle est perdue. Elle pousse un hurlement, se réveille, allume, ne reconnait ni la chambre ni l'homme allongé près d'elle, qui lui dit :

- Calme-toi, tu as dû faire un mauvais rêve !

Elle se met à taper Pierre de toutes ses forces, en criant :

- Mais qui êtes-vous ? Où suis-je ? Partez ! Partez ! Au secours !

Son mari, surpris, n'a que le temps d'esquiver les coups en essayant de la calmer :

- Arrête ! Tais-toi !

Mais rien n'y fait, il doit se résoudre à lui mettre une gifle, ce qui la calme immédiatement. Ils se regardent, elle, hébétée, lui, abasourdi. Un silence pesant règne dans la pièce, interrompu par le garçon d'étage qui frappe à leur porte en ordonnant :

- Ouvrez !

Pierre se lève, met un peignoir, et va ouvrir.

- Excusez-nous, ma femme a fait un terrible cauchemar, mais ça va aller maintenant.

- J'aimerais autant que madame me le confirme, rétorque le jeune homme, en entrant dans la chambre. Valérie se cache prestement sous les draps :

- Tout va bien, monsieur, je vous prie de m'excuser, j'ai fait un affreux cauchemar.

- Bon, eh bien bonne nuit, dit-il sur un ton peu aimable, et il s'en va.

Le couple se retrouve seul. Elle, gênée d'avoir hurlé et tapé son mari, et lui, gêné de l'avoir giflée.

Pierre commence à dire :

- Je suis désolé de t'avoir giflée, mais je n'arrivais pas à te calmer…

- C'est de ma faute, le coupe-t-elle, je me suis réveillée d'un cauchemar, j'ai allumé, je n'ai pas reconnu notre chambre, et j'ai paniqué.

Val a la marque des doigts sur la joue, son mari tend la main pour la caresser, elle a un geste de recul. Il laisse retomber son bras et les larmes aux yeux, bredouille :

- Je n'avais jamais levé la main sur une femme jusqu'à ce soir, et maintenant tu as peur de moi…

- Non, viens, pardon. Et elle l'attire contre elle. Le couple reste enlacé un moment, silencieux, puis Pierre se décale, encore choqué d'avoir mis une gifle à sa femme. Il lui caresse la joue avec une infinie douceur et dit :

- Je m'en voudrais toujours d'avoir levé la main sur toi…

- Mon chéri, ne culpabilise pas. Sans toi, je ne serais pas arrivée à sortir de cet effrayant cauchemar… dit-elle en lui caressant les cheveux.

- Je sais, mais n'avais-je pas d'autre choix ? J'aurais pu te secouer, je ne sais pas, trouver une autre solution, plutôt que de te gifler ! Vois le mari que je deviens, je n'ai plus de patience et me voilà violent ! réplique- t-il.

- Arrête, mon chéri, on sait bien tous les deux que mes problèmes de mémoire sont à l'origine de la déroute de notre couple.
Valérie est tentée de lui avouer qu'elle est atteinte de la maladie d'Alzheimer, mais se ravise aussitôt, sachant que ça lui ferait trop de peine. Elle ajoute simplement :

- Je ne te l'ai pas dit, mais le neurologue m'a prévenue que j'aurai des troubles du comportement et de mémoire dus à la pression que j'ai au niveau du cerveau. Et également que mes cauchemars s'accentueraient.

- Oui, je m'en suis bien rendu compte, tu as tellement changé. Mais n'y a-t-il rien à faire ?

- Non, juste prendre les médicaments, mais le problème, c'est que je ne me rappelle jamais si je les ai déjà pris ou pas, ce qui fait qu'il m'arrive souvent de doubler les doses, et après il m'en manque pour finir le mois.

- Je t'achèterai un pilulier, ça sera plus facile pour toi, mais le neurologue ne t'a pas donné d'autre rendez-vous ?

- Il m'a dit de revenir début juillet.

- Ok, bon, on va peut-être essayer de dormir, maintenant, lui propose-t-il, soudain très las.

- J'ai peur de me rendormir, lui répond-elle, paniquée à l'idée que son cauchemar ne revienne.

- Ne t'inquiète pas, je suis là, et je serai toujours là pour toi, ma petite femme, lui dit Pierre.
Valérie se blottit contre lui, et l'embrasse :
- Merci, mon amour, bonne nuit !
- Bonne nuit, ma puce.

Le lendemain, Pierre et Valérie passent une bonne journée, ils font un peu de marche dans la garrigue ensoleillée, puis vont manger dans un restaurant au bord de la mer. Une fois le repas terminé, ils vont se balader sur une plage. Valérie quitte ses chaussures, son pantalon, et court dans l'eau. Son mari fait de même, et ils s'éclaboussent comme des adolescents qu'ils sont redevenus pour un moment. Pierre retrouve la femme qu'il a aimée, gaie et insouciante. Le reste du week-end se passe à l'image de cette journée, puis ils reprennent la route, confiants quant à leur amour.

Valérie, fatiguée par ces deux jours intenses dort presque tout le trajet. Son mari conduit prudemment, écoutant la musique que diffuse la radio. Il est bien. Mis à part son cauchemar, sa femme a été radieuse pendant ce petit séjour. Seule ombre à son bonheur, il s'en veut encore d'avoir giflé Val. Pierre sait qu'il n'aurait pas dû. S'il n'avait pas été aussi fatigué, il aurait sûrement réagi différemment, mais voilà, il a craqué, et a frappé sa femme ! Il ne lui reste que ses remords. Ce qui est fait est bel et bien fait. Le mari jette un œil sur son épouse endormie, elle n'a plus de marque, mais lui n'oubliera pas.

Le lendemain, la vie reprend son cours. Arrivé au lycée, Pierre envoie un SMS à Célia, il sait qu'il a tort, mais il a besoin de parler de son geste violent, et il ne voit que cette dernière à qui se confier. Il écrit :

« Coucou, miss, j'ai besoin de te voir dès que tu peux, j'ai fait une bêtise, et il n'y a que toi, mon amie, à qui je peux en parler. Je t'en prie, fais ton possible pour que l'on puisse se voir très vite, je te remercie. »

Le cœur de Célia se met à battre quand elle voit qu'elle a un SMS de Pierrot. Elle le lit, se demande ce qu'il a bien pu faire, et répond :

« Je suis libre entre midi et deux, viens manger à la maison, si tu veux. »
Il envoie simplement :
« Merci, c'est super sympa, bisous. »
La matinée passe assez rapidement, la sonnerie de midi retentit, Pierre monte dans sa voiture, et part directement chez Célia. Cette dernière l'accueille avec un grand sourire.

- Salut, mon Pierrot !
- Bonjour, miss, je suis désolé, j'ai complètement oublié de t'amener un dessert, je manque à tous mes devoirs ! dit-il d'un air navré.
- Ce n'est rien, j'ai tout prévu.
- Tu es merveilleuse ! Je ne te mérite pas !
- Arrête, tu es l'homme le plus gentil que je connaisse ! Allez, trêve de politesses, viens boire l'apéritif !
- Est-ce bien raisonnable ? dit-il en riant.

Les deux amis s'installent en terrasse, Célia a préparé une belle table, Pierre la félicite :

- Je suis reçu comme un roi, je suis désolé de m'imposer comme ça…

- Ne dis donc pas de bêtises, ça me fait plaisir, je suis toujours seule, alors du coup je grignote, comme ça, grâce à toi, je vais faire un vrai repas.

- Je suis un bien piètre ami, je passe seulement quand je ne vais pas bien, dit-il d'un ton abattu.

- Ce n'est pas vrai, mon Pierrot, tu as toujours été là pour moi. Quand Christophe s'est tué, tu passais souvent me consoler…

- C'est vrai, et puis je suis passé de moins en moins souvent…

- Tu avais ta famille, ta vie… Allez, je te sers plutôt un apéritif ou une bière ?

- Une bière, c'est mieux, j'ai cours cet après-midi, il faut que je sois en état !

Le repas se passe dans la bonne humeur, Pierre se régale de la cuisine de son amie, il lui avoue déjeuner souvent à la cantine depuis quelque temps, Valérie oubliant régulièrement de faire à manger. Après avoir dégusté une excellente mousse au chocolat, Célia dit à son ami :

- Alors mon Pierrot, qu'as-tu fait comme bêtise ?

Ce dernier se sent gêné d'avoir à avouer son geste :

- J'ai trop honte, oublie !

- Si tu pars sans me l'avoir dit, ça va te ronger, je te connais... insiste-t-elle gentiment.

- C'est la psy qui parle, là ? réplique-t-il un peu agressivement.

Célia ne relève pas et l'encourage d'une voix douce :

- Alors ?

Pierre baisse les yeux et murmure :

- J'ai giflé ma femme...

- Quoi ! s'écrie son amie, mais ça ne va pas ! Tu es fou ! Pourquoi as-tu fait ça ? s'indigne-t-elle, révoltée.

- Ne m'engueule pas, j'ai bien assez honte comme ça ! Je n'ai pas su me contrôler, je m'en veux, tu ne peux pas savoir !

- Explique-moi. Ça te ressemble si peu...

Le professeur raconte ce qui s'est passé sans rien omettre, il parle doucement, tant il est embarrassé. Célia ne l'interrompt pas.

Quand il a fini, elle lui prend la main, et lui dit :

- Mon Pierrot, c'est un réflexe que tu as eu…

- Un réflexe ? Tu te fous de moi, je n'ai jamais frappé aucune femme jusqu'à ce week-end ! s'énerve-t-il.

- Ce n'est pas ce que j'ai voulu dire, calme-toi… Elle te tapait, elle était encore dans son rêve, tu n'as trouvé que ce moyen pour la ramener à la réalité, tu ne dois pas t'en vouloir, d'ailleurs tu m'as dit qu'elle avait accepté tes excuses, c'est qu'elle a compris ta réaction. Je te l'accorde, c'était maladroit, mais…

- Maladroit ! la coupe-t-il. Violent, brutal, d'accord ! Mais maladroit, je ne pense pas que ce soit le mot, tu vois !

- Pierrot, calme-toi, oui c'était brutal, mais il fallait la faire réagir !
Et Célia lui parle longuement jusqu'à qu'il soit plus serein. Il est tellement abattu qu'il lui fait de la peine.

- Mon Pierrot, lui dit-elle pour finir, on sait bien, Val et moi, que tu es doux comme un agneau, alors ne te tracasse pas, oublie ce geste, et ne garde en mémoire que le meilleur de ce beau week-end que tu as passé avec ta femme.

- Oui, je vais essayer. Ça m'a fait du bien d'en parler, je ne pouvais pas garder cela pour moi... lui avoue Pierre.

- Allez, il faut que tu partes au lycée, ça va faire désordre si tu arrives après tes élèves ! lui dit-elle.

Il sourit et suggère :

- Je ne vais pas dire à Valérie que j'ai déjeuné chez toi, j'ai peur qu'elle le prenne mal... On garde ça pour nous ?

- Je ne suis pas sûre que ce soit une bonne idée de le lui cacher. Si un jour elle l'apprend, ça sera terrible ! Elle nous en voudra à tous les deux, de plus elle imaginera que tu l'as trompée... Or on sait toi et moi que tu es fidèle, ajoute-t-elle plus bas.

- Tu as sûrement raison, miss, je lui dirai la vérité, et oublie pour l'autre soir, tu avais mélangé alcool et herbe... lui répond Pierre, il enchaine :

- Merci pour tout, tu es vraiment une super amie, je ne sais pas ce que je ferais sans toi. Il lui pose doucement un baiser sur la joue et s'en va. Elle le regarde partir, un sourire sur son visage, heureuse d'avoir un peu soulagé son ami…

Le professeur arrive dans l'enceinte du lycée juste au moment où la sonnerie de la reprise des cours retentit. Avoir parlé avec Célia lui a fait du bien, il se sent plus léger bien que le fait d'avoir à annoncer à sa femme qu'il a mangé chez son amie le tracasse un peu. L'après-midi se passe sans souci particulier, et arrive le moment où Pierre doit rentrer chez lui. Il se demande comment il va expliquer cela à sa femme. Respirant un bon coup, il entre chez lui.

- Bonjour chérie !

Valérie l'accueille avec un grand sourire :

- Bonjour, mon cœur ! J'ai invité tous nos enfants dimanche midi, il y a longtemps qu'on ne les a pas eus tous en même temps.

- Tu as très bien fait, ça me fera plaisir de les voir avec nos quatre petits-enfants, répond-il, et il ajoute :

- Viens, assieds-toi près de moi sur le canapé, je voulais te dire quelque chose.
Val obéit docilement :
- Oui, qui a-t-il ?
- Ce matin, je n'étais pas bien, commence à expliquer Pierre, je pensais sans arrêt au fait que... que je t'ai frappé...
- Ne dis pas ça, tu m'as sortie de mon cauchemar, oublie ce mauvais moment...
- Oui, mais j'avais besoin d'en parler à quelqu'un, ça me rongeait, tu comprends ?
- Oui. Et tu es allé en parler à Célia ?
- Comment le sais-tu ?
- Ça fait plus trente ans que je te connais, je sais que vous êtes les meilleurs amis du monde, ça aurait pu être Sylvain ou Serge, mais non, c'est une femme, c'est comme ça ! On ne choisit pas, c'est avec elle que tu as cette complicité particulière, je m'y suis faite ! Et j'ai confiance en toi et en elle.
- Alors tu ne m'en veux pas ? lui demande-t-il surpris.
- Bien sûr que non, le fait que tu me le dises prouve bien que tu n'as rien à te reprocher.

Pierre embrasse sa femme :
- Tu es merveilleuse, tu sais.
Pierre est soulagé, il a bien fait de suivre les conseils de son amie. Puis tous deux discutent du repas qu'ils prévoient pour l'invitation de dimanche et la soirée passe tranquillement.

Le lendemain, en arrivant au lycée, le professeur envoie un SMS à Célia.

« Je te remercie encore pour hier, pour ton bon repas et ton soutien. J'ai dit la vérité à Val, elle l'a très bien pris. Bisous, miss. »

Cette dernière lui répond :

« De rien, ce fut un plaisir de partager un moment avec toi ; Valérie te connait, elle a confiance en toi et elle a raison. Je t'embrasse, mon Pierrot. »

Chapitre 15

Il n'est encore pas midi, mais tout est prêt chez les Maurois. Valérie a dressé une jolie table tandis que Pierre, excellent cuisinier, a préparé un bon repas. Le couple fume tranquillement une cigarette, assis sur les fauteuils de la terrasse en attendant leurs invités. Val dit à son mari :

- Es-tu heureux, mon chéri ?
- Bien sûr, répond Pierre, pourquoi cette question ?
- Comme ça, parce que moi, je suis très heureuse avec toi. Et je suis vraiment contente d'avoir tous mes petits autour de moi aujourd'hui…
- Oui, on a une belle famille, ma puce, une belle vie…

Manon arrive la première avec Lola, qui saute dans les bras de sa grand-mère en criant :

- Mamie !
- Ma poupette, comment vas-tu ? dit Valérie en embrassant sa petite fille. Mais

déjà cette dernière tend les bras à son grand-père !

Après les bonjours, tout ce petit monde entre dans la maison. Puis arrivent Lisa, Anthony et les jumelles. Ils débutent l'apéritif quand Jérémy ouvre la porte, suivi de Laura avec Sébastien dans les bras. Val se lève pour les accueillir, et voyant son petit-fils, elle s'exclame :

- Mais quel beau bébé ! À qui est-il ?

Un silence se fait dans le salon, puis Pierre, gêné, dit :

- Chérie, c'est Sébastien, le fils de Jérémy et Laura…

Valérie a un moment de flottement, puis elle enchaine :

- Oui, bien sûr, où avais-je la tête ! Viens mon petit-fils. Viens faire un câlin à ta Mamie ! Et elle prend le bébé dans ses bras. Plus personne n'ose parler, tous regardent Pierre, attendant une explication, mais ce dernier invite les nouveaux arrivés à s'asseoir, et se met à deviser pour cacher son embarras. La conversation reprend, puis vient le moment de passer à table.

Profitant de l'absence de sa mère partie chercher l'entrée, Manon dit sèchement à son père :

- Papa, peut-on savoir ce qui se passe ? Maman n'a pas reconnu Sébastien alors qu'elle le voit toutes les semaines !

- Votre mère a quelques troubles de mémoire et de comportement en ce moment, mais ne vous inquiétez pas, ça ne dure pas.

- Enfin, ce n'est pas normal ! Il faudrait peut-être voir si elle n'a pas la maladie d'Alzheimer, non ? renchérit Lisa.

- Elle a cinquante ans, elle est beaucoup trop jeune, c'est la petite pression qu'elle a au niveau du cerveau qui en est la cause.

Sa femme arrive sur ces entrefaites, elle demande :

- De quoi parlais-tu, Pierre ?

Paniquant un instant, ce dernier bafouille :

- J'expliquais aux enfants que Célia fumait beaucoup, que c'était la solitude qui en était la cause.

- Oui c'est dur pour elle ! Christophe lui manque encore beaucoup… Et la conversation continue sur la meilleure amie du couple et les méfaits de la marijuana. Après le dessert, Lola sollicite sa grand-mère pour l'emmener faire de la balançoire. Elles quittent donc la table toutes les deux. Sitôt qu'elles sont dehors, les enfants de Pierre remettent la conversation sur les troubles de Valérie.

- Je pense que votre mère ne s'est pas faite à ton départ, Jérémy. Elle passe son temps à faire ta chambre. Quand je lui ai parlé d'en faire un bureau, elle est entrée dans une colère noire ! Elle a toujours été mère poule, et le fait de se retrouver d'un coup, sans enfant à la maison, a été très dur pour elle. Mais elle revoit le neurologue en juillet, on verra bien ce qu'il dit…

- Si elle te laisse l'accompagner, rétorque un peu agressivement son fils.

- Je t'en prie Jérémy, je fais ce que je peux, tu ne vis pas avec elle, alors s'il te plait, ne me juge pas. Sentant qu'il a été un peu loin, ce dernier s'excuse :

- Pardon, papa. Je sais que tu fais au mieux. J'essayerai de passer voir maman plus souvent.

Pierre n'en peut plus de parler des problèmes de sa femme, aussi propose-t-il de rejoindre Lola dehors. La conversation étant devenue pesante pour chacun, ils acceptent tous avec enthousiasme.

Le reste de la journée se passe dans une atmosphère un peu gênée, aussi chacun retourne chez soi assez tôt. Le couple range la maison, puis s'installe sur le canapé.

- Tu ne trouves pas que les enfants avaient l'air bizarre, demande Valérie, et ils sont partis de bonne heure.

- Non je n'ai rien remarqué, et demain ils travaillent, répond Pierre d'un air contrarié.

- Oui, je dois me faire des idées. Cependant, toi, ça n'a pas l'air d'aller.

- Je suis fatigué, Val, je n'ai plus l'habitude d'avoir tant de petits à la maison… marmonne Pierre.

Valérie trouva son mari plus grincheux que fatigué, aussi, espérant le dérider, propose-t-elle :

- Nous avons plein de restes de midi, nous ne demanderions pas à Célia de venir diner chez nous…
- Si tu veux…
- Allez, je l'appelle...

Cette dernière accepte immédiatement, ravie de ne pas passer la soirée seule. Quand elle arrive chez ses amis, elle remarque immédiatement l'air sombre de son hôte, et suggère :

- Tu n'as pas l'air en forme, mon Pierrot, on devrait peut-être goûter le whisky que j'ai apporté avant de manger, ça me parait même indispensable !
- C'est bon, Célia ! Je me passe de tes réflexions, répond-il d'un ton peu aimable.

Son amie, surprise et un brin blessée ne rétorque rien, supposant que quelque chose a dû se passer dans la journée avec les enfants. Cela lui ressemble tellement peu d'être désagréable.

Ils s'installent tous les trois dehors, assis à même les marches d'escalier, comme des adolescents. Pierre ne parle pas, il a l'air d'écouter Célia qui parle de son week-end précédent avec sa fille et son petit-fils, mais en fait, il est à mille lieues de ce qu'elle raconte ; il pense à ce que Lisa, sa fille ainée lui a dit. Et si Val souffrait de la maladie d'Alzheimer ? Non ce n'est pas possible, sa femme ne lui aurait jamais caché une chose pareille, et de toute manière, elle est beaucoup trop jeune pour souffrir de cette maladie, se raisonne-t-il. Pierre s'efforce de se vider la tête et de se concentrer sur ce que dit son amie. L'alcool commençant à faire effet, il réussit enfin à se détendre et se surprend même à sourire des anecdotes des deux femmes. Valérie propose de passer à table, et ils rentrent manger. Finalement, tous trois passent une bonne soirée, et vers les vingt-trois heures, Célia prend congé après les avoir remerciés.

Le lundi alors qu'il est en salle de profs, Pierre reçoit un SMS de Célia :

« Oserais-je te demander si tu as passé un bon dimanche ? Vu la tête que tu faisais hier quand je suis arrivée, et la façon dont tu m'as parlé, je suppose que ce n'était pas le top. Si tu as besoin de moi, je suis là. »

Pierre ne se rappelle pas avoir été désagréable avec son amie, mais il ne veut pas rester sur une mauvaise impression, aussi répond-il :

« Je n'ai cours que dans une heure, si tu veux, on peut se retrouver au café en face du lycée dans un quart d'heure »

« Ok » marque-t-elle simplement.

Quand Célia arrive au rendez-vous, Pierre est déjà installé à une table. Elle l'embrasse, puis s'assied face à lui. Ce dernier lui demande ce qu'elle veut boire, passe commande, et lui dit :

- Je n'ai pas bien compris ton message, j'ai été déplaisant avec toi ?
- Oui, répond-elle franchement, et elle lui remémore ce qui s'est passé. Le professeur est ennuyé de s'être comporté ainsi :

- Je te prie de m'excuser, c'est vrai, ce dimanche n'a pas été facile, et il lui raconte l'absence de Valérie, puis les remarques de ses enfants et l'agressivité de Jérémy comme s'il était coupable de la maladie de sa femme.

- Mon Pierrot, tes enfants ont besoin de savoir, c'est normal, ils s'inquiètent…

- Je comprends bien, mais je n'en sais pas plus qu'eux ! Et Jérémy, pourquoi est-il comme ça avec moi ? On dirait qu'il m'en veut, dit-il d'un ton malheureux.

Célia a de la peine pour son ami, il fait tout ce qu'il peut pour sa femme, et ses enfants l'accablent. Elle a envie de le prendre dans ses bras et le consoler, mais elle lui répond simplement :

- Ne te tracasse pas, mon Pierrot, tu le sais, qu'entre Jérémy et sa mère, il y a quelque chose de bien particulier, ils ont toujours été tellement proches. Ça lui fait mal de la voir ainsi, et il a peur, alors il s'en prend à toi, il a besoin d'un défouloir.

- Et moi, comment je me défoule ? répond-il irrité.

- Je comprends que ce ne soit pas facile. Ce n'est pas grand-chose, mais je serai toujours là si ça ne va pas, tu peux m'appeler n'importe quand, tu le sais ça, mon Pierrot ? lui dit-elle tout doucement.

- Oui, je sais, merci miss, tu as vraiment de la patience avec moi…

- Allez, fais-moi un sourire, tu vas devoir retourner en cours et si j'osais, je te dirais, avec la tête que tu fais, que tes élèves vont prendre peur ! Mais bon, je ne te le dis pas, ajoute-t-elle en souriant.

Pierre se lève, elle en fait de même, il l'enlace et lui rétorque d'une voix douce :

- Tu es mon rayon de soleil, que ferais-je sans toi ? Pierre a envie d'enfouir son visage dans le cou de Célia, mais tente de se contrôler ; il prend sur lui malgré la fatigue et le découragement. Comme il aimerait se laisser aller à pleurer dans les bras de son amie. Célia sent que Pierre est à deux doigts de craquer, aussi le repousse-t-elle tout doucement :

- Va, c'est l'heure pour toi.

- Oui, murmure-t-il les larmes plein les yeux.

Ils s'embrassent comme des amis qu'il faut qu'ils restent, et chacun repart de son côté.

Chapitre 16

Jérémy passe devant le café près du lycée Lamartine, il aperçoit son père avec Célia. Il en est tout retourné, que font-ils là, tous les deux au lieu d'être à leur travail ? Quand le jeune homme rentre chez lui, Laura voit tout de suite que quelque chose ne va pas. Lui, si calme et posé d'ordinaire, tourne comme un lion en cage. Elle lui demande :

- Ça ne va pas, chéri ?
- Non ! Tu ne devineras jamais qui j'ai vu en passant près du café, en face du lycée !
- Ben, je ne sais pas… ton père ?
- Oui, mon père ! avec Célia ! répond-il sur un ton irrité.
- Et alors, ils sont amis, non ?
- Écoute, ils étaient assis face à face, penchés tous les deux en avant, leurs têtes se touchaient presque, ils avaient l'air bien plus que de simples amis !

- Enfin, Jérémy, calme-toi. Ton père n'est pas du genre à tromper sa femme, tu sais comme il l'aime, il lui passe tout !

- Et s'il lui passait tout, comme tu dis, justement parce qu'il culpabilise de la tromper ! Pauvre maman, si elle savait !

- Jérémy, ça suffit ! Tu parles de ton père ! C'est un homme remarquable comme il en existe peu, alors arrête de t'imaginer des bêtises, répond Laura, exaspérée.

- Tu les aurais vus, tu ne dirais pas ça ! J'irai voir mon père ce soir à la sortie de ses cours, et il faudra bien qu'il s'explique ! Je ne laisserai personne faire du mal à ma mère !

- Allez, calme-toi, viens manger, pour une fois que tu rentres pour midi. Et je t'en prie, n'agresse pas Pierre, il n'a sûrement rien fait de mal, ils se seront croisés et auront pris un café ensemble, tout simplement.

- C'est ça... marmonne le jeune homme.

Jérémy ne décolère pas. Il se poste devant le portail du lycée dès dix-sept heures afin de ne pas manquer son père. Ce dernier est agréablement surpris, mais déchante vite lorsque son fils lui dit sèchement :

- Il faut que je te parle !
- Ok, où va-t-on ?
- Là où on peut être tranquille !
- On peut aller s'asseoir au parc de jeux, si tu veux, répond Pierre. Les deux hommes marchent une dizaine de minutes en silence, chacun se posant mille questions … Arrivés au banc, ils s'asseyent et Pierre questionne :

- Alors ? De quoi veux-tu me parler ?
- Tu ne vois vraiment pas ? lui demande Jérémy en essayant de se contenir.
- Écoute, mon fils, dis-moi ce qui ne va pas, je suis fatigué, et je n'ai pas envie de jouer au chat et à la souris avec toi.
- Tu n'avais pas l'air fatigué ce matin au café avec Célia !
- Qu'est-ce que tu insinues ? riposte Pierre d'une voix lasse.
- Je n'insinue rien, je te parle de ce que j'ai vu ! Vous étiez assis face à face,

tellement penchés l'un vers l'autre qu'il n'y avait pas dix centimètres entre vos deux têtes ! Ça te dit quelque chose, ça ?

- Arrête, Jérémy, je ne te permets pas de me parler sur ce ton, il n'y a rien entre Célia et moi, si ce n'est une belle amitié !

- Bien sûr, oui ! Et maman, elle est au courant de vos petits rendez-vous ?

Pierre tressaille sous l'allusion.

- Ça suffit maintenant, j'en ai assez entendu, dit Pierre en se levant pour partir. Mais son fils l'attrape violemment par le bras, le tire en arrière, et lui lance :

- Reste ici, tu ne partiras pas avant de m'avoir tout dit, c'est clair ?
Le professeur regarde son fils comme s'il ne le reconnaissait pas. Puis, brusquement, le saisit par les revers du col de sa chemise, et rétorque froidement :

- Ne t'avise pas de te comporter de cette façon avec moi, c'est compris ? Si j'ai vu Célia ce matin, c'est en grande partie à cause de toi. Alors tu veux savoir ? Tu vas savoir ! Pierre lâche brutalement son fils, et reprend :

- Tu n'arrêtes pas de m'agresser au sujet de la maladie de ta mère, on dirait que c'est de ma faute si elle est malade…

- Mais… essaya de l'interrompre son fils.

- Tais-toi ! Et écoute-moi jusqu'au bout ! Je suis fatigué, tu m'entends ? Fatigué de toujours tout gérer parce que ta mère ne pense plus à rien, de rattraper ses gaffes, de me taire quand elle est agressive, d'être réveillé en sursaut quand elle hurle au milieu de la nuit, parce qu'elle a encore fait un cauchemar, de rentrer du travail, et cuisiner parce que pas un instant elle n'a pensé que j'avais peut-être faim, de chercher mes cigarettes partout, pour finalement les retrouver dans le frigo, à côté de la télécommande, et je ne te cite pas tout ! Mais tu vois, je ne lui en veux pas, parce que je sais que c'est aussi dur pour elle que pour moi, donc je prends sur moi, et je me tais. Mais quand toi, mon fils, tu me lances des piques sans arrêt comme si je n'en avais rien à faire d'elle, là, c'est trop ! Alors quand Célia est passée hier soir, j'ai

été désagréable avec elle parce que j'étais à bout ! Et ce matin, elle m'a envoyé un SMS pour savoir si ça allait, et pour me reprocher mon comportement de la veille. On s'est donné rendez-vous au café pour parler de tout ça. C'est mon amie, elle m'a remonté le moral, et si on était si près l'un de l'autre, c'est qu'on ne voulait pas que tout le monde profite de notre conversation. Alors maintenant, mon grand, écoute-moi bien. Plus JAMAIS tu ne mets en doute mon amour pour ta mère, et plus JAMAIS tu ne me parles sur ce ton ! Je suis ton père, Jérémy, tâche de ne pas l'oublier ! Pierre se tait, harassé d'avoir sorti tout ce qu'il a en lui depuis des semaines.
Jérémy a honte d'avoir soupçonné son père d'infidélité, il bredouille :

- Pardonne-moi, papa...

- Mais quelle image as-tu donc de moi pour avoir imaginé une chose pareille...

- Je te demande pardon...

- Allez, je vais rentrer, ta mère va s'inquiéter... le coupe Pierre.

- Ça t'embête si je passe faire un coucou à maman ?

- Non, on lui dira qu'on est allé se balader ensemble, ça la rassurera quant à mon retard.

Quand Pierre entre chez lui, suivi de Jérémy, Valérie ne voit que son mari, elle hurle :

- C'est maintenant que tu arrives ! Tu étais avec qui aujourd'hui, Laurence ? Véro ? Ou une autre que je ne connais pas ! Tu as la belle vie pendant que moi je reste toute seule à la maison à faire le ménage !

- Maman ! la coupe Jérémy.

- Mon fils ! Tu es là ! Comme je suis contente de te voir !

- Maman, papa était avec moi.

- C'est bien... Viens boire quelque chose, assieds-toi. Val a déjà oublié la crise de jalousie qu'elle vient de faire à Pierre. Ce dernier lui dit :

- Je monte, je suis fatigué.

- Tu pourrais rester avec ton fils, quand même ! Et l'oubliant de nouveau, elle se remet à converser avec Jérémy.

Pierre enlève ses chaussures, et se laisse tomber sur son lit. Il en a plus qu'assez de son fils, de sa femme, de tous d'ailleurs ! Il prend son téléphone, et appelle Célia, il a envie de n'entendre qu'elle. Il tombe sur son répondeur, raccroche sans laisser de message, et se met à pleurer comme un gamin. Il se sent tellement seul, combien de temps encore va-t-il pouvoir supporter cette vie ?

Quand Jérémy rentre chez lui, sa femme lui demande :
- Alors, comment ça s'est passé avec ton père ?
- Tu avais raison, je me suis fait des idées, mais ils avaient l'air tellement proches !
- Et ?
- Et je me suis emporté, on a failli se battre…
- Chéri, pourquoi es-tu si dur avec Pierre ? Tu sais, ça ne doit pas être facile tous les jours pour lui…

- Arrête, tu ne vas pas t'y mettre toi aussi, j'ai eu une journée épouvantable, quand nous sommes rentrés chez mes parents, ma mère lui a fait une scène terrible !
Et il lui raconte ce qui s'était passé.
- Le pauvre, comme ça doit être dur pour lui…
Jérémy ne répond pas, ça le peine pour son père bien sûr, mais surtout, il souffre de voir sa mère ainsi.

Chapitre 17

Mai 2013

En cette belle journée ensoleillée, Valérie et Pierre sont invités à leur tour chez Serge et Véro avec Laurence, Sylvain et Célia à la journée « barbecue » prévue le mois dernier chez le couple Maurois. Les amis se retrouvent avec plaisir en ce dernier dimanche de mai. Le soleil, le ciel bleu, une légère brise et une bande d'amis font de cette journée un moment que tous apprécient jusqu'au moment où Sylvain se met à jouer de la guitare, après le dessert. Valérie constate en s'adressant à Laurence :

- Ton mari joue vraiment bien, je ne savais pas qu'il était musicien !

- Mais enfin, il est professeur de musique, tu te fiches de moi !

- Tu ne me l'as jamais dit ! réplique-t-elle.

Ses amies la regardent, stupéfaites. Célia s'empresse d'aller chercher Pierre, et lui explique rapidement ce qui se passe. Le mari arrive alors que Valérie commence à s'emporter contre ses copines. Habitué à ses crises, il lui prend les deux mains en s'asseyant face à elle, et lui dit calmement, mais fermement :

- Ma chérie, Sylvain est professeur de musique dans le même lycée que moi, tu te rappelles ?

Il y a un petit moment de silence, puis Val répond :

- Ha oui, c'est vrai, je ne m'en souvenais plus. Elle se lève, les plante là, et va se chercher à boire.

- Que se passe-t-il, Pierre ? demande Laurence.

- Écoutez, je suis désolé. C'est passé, n'en parlons plus !

- Mais enfin Pierre, ce ne sont pas ses antidépresseurs qui la rendent comme ça ! lui répond Véro.

- Non, c'est la petite pression qu'elle a au cerveau…

- Tu es sûr qu'elle n'a pas un début de la maladie de l'Alzheimer ? demande Laurence.

- Non, ma femme n'a pas cette saleté ! Laissez-moi tranquille avec ça ! s'énerve-t-il. Et il part en direction de la table, prend une bouteille et la boit à même le goulot. Célia s'empresse de le rejoindre, essaie de la lui enlever.

- Arrête mon Pierrot, donne-moi ça !

- Fous-moi la paix, tu ne vois pas que je n'en peux plus ! Je veux me souler, tu comprends ME SOULER ! Je n'ai pas le droit, moi, d'avoir une journée tranquille avec mes potes ? Non, je ne peux pas, je dois surveiller ma femme, supporter les remarques comme si j'étais responsable de son comportement ! Vous savez ce qu'est mon quotidien ? Non ! Personne n'imagine l'enfer dans lequel je vis ! hurle-t-il.

- Donne-moi cette bouteille, lui dit-elle calmement, s'il te plait.

Pierre la lui tend et s'effondre dans les bras de Célia. Leurs amis ne savent plus quoi dire, quoi faire. Ils n'ont jamais vu Pierre dans cet état ; tous sont bouleversés. Soudain, Serge voit Valérie près du barbecue, elle ne bouge plus, elle semble comme pétrifiée. Il s'avance vers elle, et lui dit :

- Ça va aller ?

Des larmes coulent le long de ses joues. Serge la prend dans ses bras :

- Ne fais pas attention à ce que ton mari a dit, il est complètement ivre ! Il n'en pense pas un mot.

- Mon Dieu, Valérie ! dit Véro.

Les amis regardent Val, puis Pierre, ne sachant pas comment ils vont les sortir de cette situation. Sylvain, voyant qu'il faut agir vite, dit :

- Allez, tout le monde a trop bu et est énervé, allons sur la terrasse, je vais vous chanter mes dernières chansons ! Pierre se dégage des bras de Célia, et se dirige vers sa femme :

- Ma chérie, pardon, Sylvain a raison, j'ai trop bu, j'ai dit n'importe quoi, je suis désolé, tellement désolé…

Valérie passe des bras de Serge à ceux de Pierre. Le couple reste longtemps enlacé à se murmurer des mots d'amour, de pardon. Leurs amis les laissent tranquilles, et suivent le musicien sur la terrasse. Quand Valérie et Pierre les rejoignent, ce dernier s'excuse :

- Pardon, les amis, on est désolé d'avoir gâché votre journée. Alors voilà, oui, Val a des troubles de mémoire et de comportement dus à la pression qu'elle a au niveau du cerveau, oui, ce n'est pas toujours facile, ni pour elle, ni pour moi, mais on fait avec. Nous aimerions maintenant que l'on passe à autre chose, si vous voulez bien.

Sylvain entonne une chanson, et le couple s'assied avec leurs amis. Au bout d'un petit moment, les discussions reprennent, et chacun fait comme s'il n'y avait pas eu d'incident. Le reste de la journée se déroule tranquillement, les amis se détendent et les plaisanteries reprennent. Vers dix-huit heures, c'est l'heure du départ, tout le monde s'embrasse, Val et Pierre glissent une parole d'excuse aux uns et aux autres en les saluant. Sur le chemin du retour, le couple reste silencieux, chacun perdu dans

ses pensées respectives. Arrivés chez eux, Pierre et Valérie s'asseyent sur le canapé.
Val parle enfin :

- Je suis désolée de ce que je te fais endurer…

- Ne dis pas ça, je sais que tu n'y peux rien et tout à l'heure, je t'assure que je ne pensais pas tout ce que j'ai dit. C'est vrai que quelquefois j'en ai un peu assez, surtout quand tu me fais des scènes, mais le reste du temps, je suis heureux. Je t'aime, ma puce, pardonne-moi mon accès d'humeur.

- Tu es tout pardonné, n'en parlons plus. On se regarde un film ? propose-t-elle.

- Oui, ça nous changera les idées… répond son mari.

Ils s'installent sur le canapé, Valérie se blottit dans les bras de son mari. Pierre s'en veut vraiment d'avoir craqué, il lui a fait du mal. Il se dit que l'alcool, finalement, ne le rend pas meilleur, bien au contraire. Le professeur décide qu'il ne boira plus, ainsi il gardera le contrôle de lui-même et pourra veiller sur sa femme. Valérie s'endort rapidement, pelotonnée contre son mari. À la fin du film, Pierre secoue tout doucement son épouse et ils montent se coucher.

Quand Val s'éveille, Pierre est déjà parti au travail. Il lui a laissé un post-it :

*« Je t'aime, ma chérie,
n'en doute jamais,
te rencontrer a été la plus belle chose qui me soit arrivée,
À ce soir, bisous »*

Elle sourit, son mari est vraiment adorable, pense-t-elle. Puis soudain, Valérie se rappelle tout ce qu'il a dit la veille. D'accord, il était ivre, mais peut-être que justement parce qu'il avait bu, il avait dit ce qu'il pensait vraiment. Elle ressent une grande tristesse. Elle décide de prendre rendez-vous auprès de son neurologue au plus vite. Valérie a besoin de savoir si sa maladie a progressé.

Pierre s'est réveillé très tôt. Il s'est levé, a bu un café, fumé une cigarette, écrit un petit mot doux à sa femme. Puis il est parti, il a roulé, et s'est trouvé tout naturellement devant chez Célia. Les volets sont fermés, mais il voit filtrer la lumière à travers les persiennes. Le professeur sort de sa voiture, allume une cigarette, hésite, puis lui envoie un SMS :

« *Je suis devant ta porte, tu m'offres un café, miss ?* »

Célia se demande qui peut bien lui écrire à cette heure matinale, lit le message, attrape son peignoir dans la salle de bain, et ouvre la porte :

- Entre, mais que fais-tu là ?
- Merci. Je ne sais pas, je me suis réveillé de bonne heure, et ma voiture m'a emmené jusque devant chez toi, dit-il en l'embrassant fraternellement.

Son amie le fait asseoir, lui sert un café, et lui dit :

- Ça va avec Val ?

- Oui, je me suis excusé hier soir, et elle dit m'avoir pardonné, mais je m'en veux, tu sais.

- Tu avais trop bu…

- Tu sais très bien que malgré l'alcool, je pensais une grande partie de ce que j'ai dit.

- Tu es à bout, n'importe qui aurait réagi de même.

- Si tu savais comme j'ai honte de l'homme que je suis devenu : j'ai giflé ma femme, j'ai failli me battre avec mon fils, je me suis soulé, j'ai gâché la fête de mes amis, et j'ai dit des atrocités à ma femme. Franchement, tu me reconnais dans cet homme-là ? Je n'en peux plus, Célia…

- Viens là, mon Pierrot… dit-elle doucement.

- Oh non, ne me tente pas, je ne suis pas sûr de te résister aujourd'hui… répond-il d'un ton peiné.

- Excuse-moi, c'était juste par amitié… Je ne pensais à rien d'autre, je te le jure.

- Je sais, miss, mais moi j'ai peur de penser à autre chose si je me retrouve dans tes bras. Je me sens tellement perdu… J'ai honte de l'homme que je suis devenu…

- Mais non, c'est parce que tu n'es pas bien en ce moment que tu réagis comme ça ! Je sais que jamais tu ne tromperais ta femme.

-Tu as raison. Allez, oublie ! Je dis et je fais n'importe quoi ! Je ne me reconnais tellement plus… Je suis à bout, miss…

- Tu devrais aller voir un médecin, Pierrot.

- Tiens donc ! Pour qu'il me mette sous antidépresseurs et être encore moins apte à gérer les crises de Valérie ?

- Tu as besoin d'aide…

- Non, Célia, l'aide dont j'ai besoin, tu me l'apportes, toi, bien mieux que personne.

- Tu es gentil, murmure-t-elle.

- Allez, miss, j'y vais, sinon je vais être en retard, merci pour le café et le reste. Il dépose un baiser sur la joue de son amie et part sans se retourner.

Pierre est en avance au lycée, mais il a préféré s'en aller. Il était tellement bien avec Célia qu'il a eu peur de céder à son envie de l'embrasser. Comment est-ce possible, se demande-t-il, pourtant j'aime Valérie. C'est mon état déprimé qui doit me rendre vulnérable, elle est toujours tellement fatiguée, et on n'a pas fait l'amour depuis si longtemps...

Les élèves arrivent, et il faut que le professeur leur fasse cours. Lui qui adore enseigner le français n'y a plus goût. Il leur donne une rédaction sur le thème du bonheur et reste, sans rien faire, à attendre la fin de l'heure.

Quand midi sonne, il décide d'aller manger avec son épouse, il a besoin de lui montrer qu'il l'aime, il culpabilise d'avoir désiré une autre femme que la sienne. Arrivé chez lui, Pierre se demande s'il a eu une bonne idée de rentrer, comment va-t-il trouver Val... Il est agréablement surpris, cette dernière l'accueille avec un grand sourire :

- Mon chéri ! Que fais-tu là ?

- J'avais envie de te voir, dit-il en l'enlaçant, ça te fait plaisir ?

- Oh oui ! Tu es un amour ! En plus j'ai cuisiné un poulet basquaise comme tu aimes !

- C'est vraiment gentil…

Le couple partage un agréable moment et Pierre retourne au lycée, le moral au beau fixe.

Chapitre 18

Le groupe d'amis décide d'aller faire une randonnée à la Croix du Nivolet, ils prennent leurs sacs à dos et feront une halte en chemin pour pique-niquer. Le paysage est magnifique, la marche démarre dans la bonne humeur. À peine une demi-heure s'est-elle écoulée que Valérie est épuisée. Elle ne comprend pas, elle qui a toujours bien marché, elle n'y arrive plus. Elle n'a pas envie de ralentir ses amis, elle ne dit donc rien, et s'efforce de tenir le rythme. De grosses gouttes perlent sur son front, elle sent sa vue se brouiller légèrement, mais elle prend sur elle pour ne rien laisser paraitre. Pierre se rend compte que sa femme peine à les suivre, lui aussi s'étonne :

- Ça va, ma puce ? Tu as l'air fatiguée…

- Oui, un peu, j'ai mal dormi cette nuit, ça doit influer sur mon état aujourd'hui…

- Tu veux que l'on fasse une halte ?

- Non tu es gentil, ça va aller… Elle a juste le temps de finir sa phrase que tout se met à tourner, son mari n'a que le temps de la retenir, elle s'est évanouie.

- Chérie ! crie-t-il. Alertés par son cri, les amis se retournent et reviennent précipitamment sur leurs pas.

- Val ! Val ! hurle Pierre, plein d'angoisse.

Serge appelle les secours au numéro d'urgence. Il explique en deux mots ce qui s'est passé quand Valérie revient tout doucement à elle. Le médecin lui dit :

- Demandez-lui si elle a mangé ce matin...

Son ami lui pose la question, elle confirme qu'elle n'a pratiquement rien avalé au petit déjeuner.

- C'est une hypoglycémie, donnez-lui quelque chose à grignoter et ça va passer.

Serge le remercie, raccroche, et dit :

- Il faut que Val mange et ça va aller...

Ses amis et son mari s'empressent tous de lui proposer quelque chose, Valérie leur dit :

- Vous voulez m'engraisser ou quoi ! Merci, vous êtes tous si gentils, je suis embêtée de gâcher votre balade.

- Ne dis pas de bêtise, on va se reposer là, dit Sylvain.

- Tu m'as fait peur, ma chérie, lui dit Pierre, alors que Val mange les délicieux cookies que Véro a faits.

D'un commun accord, les amis décident de rester sur place, ils iront jusqu'au sommet du Nivolet une autre fois. Le reste de la journée se déroule tranquillement, mais le retour se fait assez tôt, car Valérie n'est quand même pas très en forme. À peine installée dans la voiture, Val s'endort. Pierre a eu vraiment très peur, il réalise de nouveau comme il tient à elle.

Arrivés chez eux, le mari réveille tout doucement sa femme :

- Ma puce, on est à la maison…
- J'ai dormi pendant tout le trajet ?
- Eh oui !
- Je suis tellement fatiguée, je crois que je vais prendre une douche et aller directement me coucher.
- Oui, je crois que c'est mieux, j'en profiterai pour corriger les devoirs de mes élèves, répond son mari.

Une heure après, sa femme dort. Pierre sort fumer une cigarette, il est un peu soucieux, il pense au malaise de Valérie. Il est tiré de ses pensées par le bruit d'une voiture. C'est son fils, instinctivement, Pierre soupire.

- Salut, P'pa.
- Bonsoir, Jérémy.

Le père et le fils sont gênés, ils ne se sont pas revus depuis leur dispute.

- Écoute, papa, je suis vraiment désolé pour l'autre fois…

- Ne te tracasse pas, mon grand, nous étions tous les deux énervés… Quand je pense que je ne t'ai jamais mis la moindre fessée et que là, on a failli se battre…

- C'est de ma faute… Mais où est maman ?

- Elle dort, elle était fatiguée. Pierre hésite à lui dire que sa mère a fait un malaise, sachant que Jérémy va s'inquiéter.

- Mais c'est tôt ! Qu'est-ce qui lui arrive ?

Son père soupire, et se décide à lui dire ce qui s'est passé :

- On est allé faire une petite randonnée aujourd'hui avec les copains, et ta mère n'avait quasiment pas mangé le matin, elle a fait un petit malaise.

- Quoi ! Mais ça ne va pas ! Lui faire faire une excursion dans son état, tu es inconscient !

Pierre soupire, déjà lassé de la réaction de Jérémy :

- Calme-toi, s'il te plait ! Ta mère avait envie de faire cette balade, et rien dans son état de santé ne contre-indiquait cette sortie !

- Enfin, Papa ! Évidemment qu'elle en avait envie, mais c'était à toi de la dissuader, elle est bien trop fragile !

- Jérémy, écoute-moi, ta mère n'est pas fragile, elle a des pertes de mémoire, ça n'a rien à voir…

- Qu'est-ce que tu en sais, tu es médecin ? répond agressivement le jeune homme.

- Ça suffit maintenant, tu me fatigues avec tes accusations !

- Dis plutôt que tu culpabilises. Tu avais envie de marcher avec tes potes, et Maman, tu t'en fous !

- Arrête ! Je ne veux pas me disputer avec toi, mais là, tu dépasses les limites, et je ne vais pas le supporter bien longtemps ! se révolte Pierre, qui sent monter la colère en lui.

- Normal, ça ne fait jamais très plaisir de s'entendre dire la vérité ! poursuit Jérémy.

Avant que Pierre ne réalise la portée de son geste, il gifle son fils. Le jeune homme porte sa main sur sa joue. Ils se fixent, aussi choqués l'un que l'autre, puis Jérémy monte dans sa voiture et démarre en trombe. Le père reste là, sans bouger, son cœur bat très vite, il a du mal à respirer. Il s'assied sur les marches d'escalier, et le visage dans les mains, se laisse aller à sangloter. Pierre ne sait plus s'il va arriver à supporter cette vie où tout est devenu tellement compliqué. Il lui semble que chaque jour est plus difficile que le précédent, qu'il n'arrive plus à faire face à tout ce qu'engendrent les soucis de santé de

Valérie. Il sort son portable de la poche, sa main tremblante trahit une violente émotion. Il appelle Célia, la supplie : « viens, je t'en prie, viens. » et raccroche. Son amie arrive rapidement, elle le trouve prostré devant chez lui. Il a l'air en état de choc, elle s'assied près de lui, et lui dit tout doucement :

- Mon Pierrot, que se passe-t-il ?

Pierre se tourne vers elle, complètement abattu, et lui dit :

- Mais qu'est-ce que j'ai encore fait, Célia ?

Cette dernière commence à imaginer le pire, elle l'enlace et lui répond :

- Où est Val ?
- Elle dort. C'est Jérémy…
- Quoi, Jérémy ? Vous vous êtes disputés ?

Effondré, Pierre avoue :

- Je l'ai giflé… J'ai giflé mon fils…
- Calme-toi mon Pierrot, et raconte-moi ce qui s'est passé.

Jérémy arrive chez lui dans une colère noire. Il entre dans la maison et crie à l'adresse de sa femme :

- Si mon père appelle, je ne suis pas là ! Je ne veux plus jamais entendre parler de lui !

Laura soupire. Elle adore son beau-père et ne comprend pas son mari. Comment fait-il pour se disputer avec Pierre qui est un homme tellement pondéré.

Elle a aimé Jérémy pour son calme et sa maturité, mais ces derniers temps, elle ne le reconnait plus. Certes, il se fait du souci pour sa mère, mais pourquoi en veut-il autant à son père ? Pierre fait ce qu'il peut pour Valérie, et ça ne doit pas être simple tous les jours pour lui, pense la jeune femme. Le professeur passe toutes les semaines lui faire un petit coucou, à elle et à Sébastien. Laura aime parler avec lui, ses visites hebdomadaires lui procurent beaucoup de plaisir. C'est un homme très cultivé, et ses conversations sont toujours passionnantes.

La jeune femme se décide à aller voir son mari qui s'est isolé dans son bureau.

- Chéri, que se passe-t-il encore avec Pierre ?

- On s'est disputé et il m'a giflé ! Je ne lui pardonnerai jamais !

- Quoi ? Mais ton père est l'homme le plus calme que je connaisse !

- Peut-être avait-il des choses à se reprocher ! répond Jérémie d'un ton hargneux.

- Qu'est-ce que tu lui as encore dit pour le mettre hors de lui ?

- Tu ne sais rien, mais bien sûr, tu lui donnes raison !

- Arrête, la dernière fois, c'est toi qui l'as cherché, non ? répond froidement Laura.

- Oui, mais là, c'est lui qui a tort, et je ne veux pas en parler, laisse-moi seul.

Sébastien s'étant réveillé, elle sort alors du bureau pour s'occuper de son fils.

Pierre s'est enfin calmé, il raconte à Célia la dispute qui a abouti à la gifle.

- Mon Pierrot, bien sûr que tu n'aurais pas dû en arriver à ce geste, mais ton fils a été odieux, il t'a quand même un peu provoqué, non ?

- Oui, mais comment réparer ça, maintenant ? Ni lui ni moi, nous ne ferons le premier pas…

- Laisse-lui du temps, et ça passera, répond son amie.

- Je n'en suis pas si sûr… Et comment vais-je l'expliquer à Valérie ?

- Je ne sais pas quoi te dire, mon Pierrot, je pense que le mieux serait de lui dire la vérité.

- Oui, tu as sûrement raison, mais elle va m'en vouloir, tu sais comment elle est avec Jérémy…

- Je sais. Explique-lui bien, et surtout reste calme.

- Toi aussi tu trouves que je m'emporte vite ?

- Mais non, mon Pierrot, ta colère est légitime, et je comprends que tu n'en puisses plus. D'ailleurs, j'ai amené un joint à tout hasard, si ça te dit…

- Exceptionnellement, pourquoi pas...
Ils parlent de choses et d'autres, et arrivent même à se détendre. Pierre lui dit :

- Tu sais, Célia, je voudrais que tu saches que tu comptes beaucoup pour moi, tu es toujours là, quand j'ai besoin de réconfort... Mais je pense que ces derniers temps, tu abuses un peu de la marijuana...

- Je sais, mon Pierrot...je sais... Et elle pose tout doucement la tête sur l'épaule de son ami.

Chapitre 19

Le lendemain, quand Valérie se réveille, Pierre lui raconte la dispute de la veille.

- Mon Dieu, j'admets que Jérémy a été injuste dans ses propos, mais de là à le gifler !

- Je suis désolé, chérie, crois bien que je regrette mon geste, mais il a poussé trop loin ses accusations, je n'ai pas pu me contrôler.

- Vous vous êtes disputés à cause de moi…

- Jérémy s'inquiète pour toi, et il ne sait plus faire la part des choses. Ne te tracasse pas, ma puce, ça s'arrangera. Pierre ne voit pas comment, mais il veut avant tout rassurer sa femme.

- Allons prendre notre petit déjeuner, mon chéri, j'appellerai notre fils dans la matinée, lui répond Val.

Une heure plus tard, son mari étant parti au travail, Valérie téléphone à son fils.

- Allo ?
- Bonjour, Jérémy, c'est maman.

- Bonjour, Maman, comment vas-tu ? Tu n'as pas refait de malaise, au moins ?

- Non, c'est passé, mais je ne vais pas bien, je suis contrariée. Papa m'a parlé de votre dispute d'hier, et ça ne m'a vraiment pas fait plaisir !

- Écoute, Maman, papa est inconscient de t'emmener faire de la randonnée dans ton état !

- Enfin Jérémy, ton père te l'a dit, ce n'était que de l'hypoglycémie, ça aurait pu arriver à n'importe qui. Je ne vois pas pourquoi tu lui reproches une balade que j'ai organisée avec nos amis. Il n'a fait qu'accepter !

- Bon d'accord, je me suis peut-être emporté un peu vite, mais lui aussi, si tu veux savoir !

- Mais, Jérémy, tu te rends compte de ce dont tu l'as accusé ? C'est vrai qu'il n'aurait pas dû te gifler, mais tu avais quand même exagéré !

- Ce n'est pas une raison.

- Écoute, il est fatigué en ce moment, je ne lui rends pas la vie facile…

- Arrête, maman, tu n'y es pour rien.

- Si, et tu le sais. Ton père a beaucoup de patience avec moi… Tu me promets de t'excuser ?

- Maman, il m'a giflé et c'est moi qui devrais lui demander pardon ?

- Oui, et lui aussi pour son geste, mais c'est à toi de faire le premier pas…

- Ok, ben, quand je le verrai…

- Viens manger ce soir à la maison, avec Laura et Sébastien, il faut régler ça rapidement.

- D'accord. Il faut que je te laisse, j'arrive chez mon client. Bisous, maman.

- À ce soir, je t'embrasse, mon fils.

Valérie est satisfaite, voilà une affaire presque réglée, pense-t-elle. Je vais aller faire quelques courses pour un barbecue.

À midi, Pierre mange rapidement afin d'aller rendre visite à sa belle-fille. Son fils part toute la journée, il ne risque donc pas de le croiser. Il sonne et Laura vient lui ouvrir :

- Bonjour.

- Bonjour, entrez.

Elle l'invite à s'asseoir sur le canapé et lui propose un café.

- Je veux bien, merci, j'ai très mal dormi cette nuit, Jérémy a dû t'expliquer notre dispute.

- Non, il m'a juste dit que vous l'aviez giflé.

- Je suis désolé, Laura, je sais que ça n'excuse pas mon geste, mais il a été odieux.

- Racontez- moi, il n'a rien voulu me dire.

Pierre s'exécute. À la fin de l'explication, la jeune femme lui dit :

- Je ne sais pas ce que Jérémy a en ce moment, je ne le reconnais plus, je comprends très bien que vous ayez craqué.

- Ça me touche que tu ne m'en veuilles pas…

- Vous êtes si gentil, Pierre…

Ils sont interrompus par Sébastien qui se réveille de sa sieste. Le grand-père demande s'il peut aller le chercher :

- Bien sûr, je vous en prie…

- Merci, Laura, ça me fera du bien de voir mon petit-fils.

Elle le regarde tandis qu'il se dirige vers la chambre, il semble s'être vouté, il a l'air tellement las. La jeune femme a de la peine pour son beau-père, elle espère de tout cœur que les deux hommes se réconcilieront.

Pierre arrive au lycée quand son téléphone sonne, c'est sa femme qui lui annonce qu'elle a invité Jérémy et sa petite famille à manger le soir même. Elle lui rapporte leur conversation et lui demande d'accepter les excuses de son fils quand il les lui présentera, et de s'excuser en retour. Le professeur consent à faire cet effort pour Valérie.

Le soir venu, ce dernier prépare le barbecue, quand les invités arrivent. Après avoir embrassé sa mère, Jérémy se dirige vers son père, il lui marmonne :

- Salut, Papa, excuse-moi pour hier, je n'aurais pas dû te dire tout ça, maman m'a expliqué que c'était elle qui avait voulu faire cette balade.

- Je te présente mes excuses aussi pour t'avoir giflé, mais il faut vraiment que tu arrêtes de m'agresser dès que ta mère va mal. Je sais que tu souffres de la voir ainsi, mais dis-toi que c'est dur pour moi aussi...

- Oui, papa, je ne sais pas ce qui m'arrive, j'ai l'impression de ne plus être le même depuis quelque temps. Laura me l'a d'ailleurs fait remarquer...

- Tu as une femme formidable, Jérémy, prend bien soin d'elle et... essaie de te contrôler, dit Pierre avec un petit sourire.

Tout se passe finalement assez bien, le jeune couple rentre tôt, car le bébé est fatigué. Valérie est contente, les deux hommes de sa vie se sont réconciliés. Pierre espère finir la soirée dans les bras de sa femme, mais une fois encore, celle-ci est fatiguée, et elle lui fait comprendre qu'elle va aller dormir. Son mari reste seul. Il n'a pas envie d'aller se coucher, le sommeil le fuyant ces derniers temps, il prend un livre, mais n'arrive pas à se concentrer. Pierre pense à la vie qu'il mène depuis quelques mois, ses disputes avec Jérémy, les scènes de sa femme, ses soirées solitaires, et Célia. Célia qui est toujours là et qui, ce soir, lui manque. Que lui arrive-t-il ? Il la connait depuis des années, elle est son amie, mais ce soir, il donnerait tout pour passer la nuit dans ses bras... Il a envie de l'appeler, mais il se ravise et appelle sa fille Manon :

- Allo ?

- Salut, c'est Papa...

- Salut ! Comment ça se fait que tu m'appelles si tard ?

- Je te dérange ?

- Pas du tout, tu sais que je suis une couche-tard, mais ce n'est pas dans tes habitudes...

- Ta mère dort déjà, et je me sens un peu seul... Comment va Lola ?

- Bien, elle aimerait bien avoir la visite de son papy, répond Manon en riant.

- Vous me manquez aussi, tu sais. Je passerai un de ces soirs avec ta mère...

Ils discutent un moment, puis Pierre raccroche. Il est content d'avoir parlé à sa fille, mais c'est Célia qu'il a envie d'entendre. Il tente un SMS :

« *Tu dors ?* »
« *Non. Tu es tout seul ?* »
« *Val dort. Je ne suis pas seul, mais je me sens seul* ».
« *Je comprends, mon Pierrot.* »
« *Pourquoi m'appelles-tu toujours mon Pierrot ?* »
« *Parce que je t'aime beaucoup, tu es mon meilleur ami* »
« *Moi aussi, je t'aime beaucoup, et ce soir je voudrais être plus que ton meilleur ami* »
« *Chut ! Tu dois être un peu déprimé, et tu dis des bêtises* ».
« *Oui, tu as raison. Je vais aller me coucher, bonne nuit miss* ».
« *Bonne nuit, bisous.* »

Pierre pose le téléphone, se dit qu'il fait vraiment n'importe quoi, et monte se coucher.

Célia pense à Valérie, pourquoi ne passe-t-elle pas la soirée avec son mari ? Pierre lui a paru tellement triste, ça lui a coûté de lui répondre qu'il disait des bêtises, elle aussi aurait aimé être plus que sa meilleure amie. Mais elle ne peut pas faire ça à Val. Et connaissant Pierrot, il aurait des remords sitôt le premier baiser échangé. Célia chasse ses idées et va se coucher.

Pierre passe une mauvaise nuit. Tout d'abord, il a eu du mal à s'endormir, puis Valérie a fait un cauchemar et l'a réveillé dans son premier sommeil. Il se lève d'une humeur exécrable, prend son petit déjeuner et débarrasse la table. Sa femme se lève à son tour, et le rejoint :

- Bonjour, chéri.
- Bonjour.
- Ça n'a pas l'air d'aller, remarque-t-elle.
- Non ça ne va pas !
- Ben, que t'arrive-t-il ?
- Écoute, j'en ai marre, je suis toujours tout seul : seul le soir, seul le matin, ne pourrais-tu pas faire un effort pour passer un peu temps avec moi ? J'ai quelquefois l'impression d'être célibataire, s'emporte Pierre.

- Je suis désolée, je suis fourbue en fin de journée, et…

- Bon sang, mais tu ne travailles plus, tu n'as qu'à dormir le matin, et comme ça, le soir tu ne serais pas fatiguée ! Tu crois que c'est une vie pour moi ? Et il sort en claquant la porte.

Le professeur arrive de bonne heure au lycée. Il croise Sylvain qui s'étonne de le voir à une heure si matinale :

- Tu es tombé du lit ! lui dit-il en riant.

- Je me suis disputé avec ma femme et toi, que fais-tu là, si tôt ?

- J'avais des photocopies de partitions à faire pour les élèves… Mais tu veux qu'on aille boire un café, tu as une tête de déterré, je ferai mon travail à la récréation.

- Oui, je veux bien.

Les deux hommes se rendent au café en face du lycée. Ils passent commande, et s'installent sur les banquettes au fond de la salle.

- Alors, raconte, que s'est-il passé avec Valérie ?

- J'en ai assez, se confie Pierre, elle ne passe pratiquement plus aucune soirée avec moi, et le matin souvent elle dort encore quand je pars au lycée, je me sens vraiment seul, tu sais.

- Tu n'as pas essayé d'en parler avec elle ?

- Non, je lui ai tout balancé ce matin quand elle s'est levée, et je suis parti.

- Tu aurais peut-être dû en discuter calmement, tente prudemment Sylvain.

- Oui, tu as raison, mais ce matin, j'étais à bout, je dors mal en ce moment…

- Va manger chez toi à midi, et expliquez-vous, ne laisse pas les choses ainsi…

- Oui, je vais suivre tes conseils…

Ils discutent de choses et d'autres, puis les deux amis regagnent le lycée.

Valérie reste déconcertée par la colère de Pierre. Elle comprend ses sentiments, mais pourquoi ne lui en a-t-il pas parlé calmement, ça ne lui ressemble pas. Déprimée, elle décide d'appeler Laurence :

- Coucou, c'est Val, ça va ?

- Oui, bien, et toi ?

- Bof, Pierre s'est fâché ce matin, on ne mangerait pas ensemble ce midi avec les copines ?

- Pas de souci, moi je ne travaille pas aujourd'hui, tu veux que j'appelle Célia et Véro ?

- Oui, on va à la brasserie habituelle ?

- OK, midi et demi là-bas.

- Merci.

Laurence appelle ses deux amies. Célia n'a pas de rendez-vous avant quinze heures, et Véro finit à midi et a toute l'après-midi. Les quatre copines se retrouvent donc à l'heure convenue.

Quand Pierre sort du lycée, il va directement chez lui, afin d'avoir une explication avec Valérie, mais la maison est vide. Où est donc encore sa femme, se demande-t-il. Il en a plus qu'assez, par réflexe, et sûrement aussi par envie, le professeur appelle Célia.

Les amies viennent de passer commande quand le téléphone de cette dernière sonne :

- Allo ?
- Salut, miss, c'est Pierre.
- Oui, excusez-moi deux minutes, s'il vous plait.
- Excusez-moi, les filles, un coup de fil important, dit-elle à l'intention de ses amies, en se dirigeant vers la sortie de la brasserie.
- Allo, Pierrot…
- Tu me vouvoies maintenant, s'étonne-t-il, je te dérange ?
- Non, mais je suis avec ta femme et les copines !
- Ben justement, je suis rentré à la maison et il n'y a personne. On peut se voir ?
- Ce n'est pas possible, je mange avec elles.
- Allez, s'il te plait, tu n'as qu'à dire que c'est une urgence professionnelle !
- Non, tu sais que je n'aime pas mentir, et ce n'est pas correct vis-à-vis de Val, elle n'est pas bien et elle a besoin de nous toutes.

- Moi aussi je suis mal, mais tu t'en fous !

- Arrête, mon Pierrot, tu sais que ce n'est pas vrai. On peut se voir après tes cours si tu veux ?

- Non, laisse tomber…

- Je t'en prie, mets-toi à ma place deux minutes, je ne peux pas faire ça à Valérie. Je finis le travail à dix-huit heures, on se retrouve chez moi après ?

- Ok, à ce soir alors.

- Bisous, mon Pierrot.

Célia soupire et retourne auprès de ses amies.

- Excusez-moi les filles, un petit problème de rendez-vous…

- Il est mignon, au moins, ton problème ? la taquine Véro.

- Tu es sotte ! Alors, Val, Laurence m'a dit que tu t'es disputée avec Pierrot ? enchaine-t-elle.

Valérie raconte la scène que son mari lui a faite le matin même.

- Je ne veux pas prendre parti, mais mets-toi à sa place, c'est normal qu'il en ait marre …

- Oui, renchérit Laurence, mais il aurait pu t'en parler sans s'énerver !

- Il est peut-être à bout, le défend Célia.

Les quatre amies tombent d'accord sur le fait que Pierre est fatigué en ce moment, et que Valérie doit davantage s'occuper de lui. À la fin du repas, elles se séparent, heureuses d'avoir partagé un moment ensemble.

Le professeur mange tout seul chez lui, il est déprimé et de forte méchante humeur. À treize heures trente, il retourne au lycée. L'après-midi passe lentement.

Arrive enfin l'heure de son rendez-vous avec Célia, il monte dans sa voiture et la rejoint chez elle. Quand son amie le fait entrer, elle voit tout de suite qu'il est très mal.

- Assieds-toi, mon Pierrot, je te fais un café ?

- Non, merci, je préfèrerai un whisky, s'il te plait.

- Crois-tu que ce soit raisonnable ? demande-t-elle.

- Ok, laisse tomber, je rentre chez moi, j'ai passé l'âge qu'on me fasse la morale, dit-il en se levant, salut.

Célia le retient par le bras et lui dit :

- Excuse-moi, reste, je t'en prie…

Pierre se retourne, la fixe sans un mot puis d'un coup l'enlace et l'embrasse. Passé l'instant de surprise, son amie essaie de le repousser :

- Arrête ! Ce n'est pas une bonne idée !

- Et pourquoi ce ne serait pas une bonne idée ? lui dit-il sans la lâcher.

- Pierrot, tu ne vas pas tromper ta femme !

- Je ne trompe personne puisque je suis toujours tout seul, allez, laisse-moi t'embrasser, implore-t-il.

- Pierrot, arrête, on a parlé à Val, elle va faire un effort pour passer du temps avec toi, ne fais pas quelque chose que tu vas regretter.

- Je ne vais rien regretter, j'en ai trop envie, juste un petit baiser ? Je suis sûre que toi aussi, tu en as envie… insiste-t-il en l'embrassant dans le cou.

Célia a de plus en plus de mal à lui résister, néanmoins, elle ne cède pas :

- Non, tu sais très bien que l'on ne s'arrêtera pas à un simple baiser, je t'en prie, cesse !

Il la lâche à regret :

- Ok, pardon. Et il retourne s'assoir sur le canapé.

- Je vais te chercher un whisky… dit-elle en se dirigeant vers la cuisine.

Son amie revient avec deux verres et les sert :

- On se fait un joint ?

- Non, merci, je ne vais pas trop trainer, je t'ai assez embêtée comme ça…

- Tu ne m'ennuies pas, mon Pierrot, mais tu as une famille, tu ne vas tout gâcher pour une histoire qui ne nous mènerait nulle part.

- Elle ne nous mènera peut-être nulle part, mais nous sommes tellement seuls tous les deux… tente Pierre.

- Pierrot, Val est mon amie, je ne lui ferai jamais une chose pareille, et j'ai trop de respect pour toi pour une simple aventure.

- Pourtant l'autre soir, c'est toi qui me suppliais de t'embrasser…

- J'avais abusé de marijuana, le coupe-t-elle, et tu as bien fait de me repousser, jamais je ne me serais pardonné d'avoir trahi mon amie. Et tu n'es pas cool, tu avais dit que nous n'en parlerions plus…

- Oui, c'est vrai. J'ai des regrets, tu sais, mais je crois que tu as raison… Et c'est toujours mieux que d'avoir des remords… lui répond Pierre d'un ton las.

- Va parler à Valérie, dis-lui ce que tu as sur le cœur, et tu verras, ça ira beaucoup mieux pour vous deux.

- Oui, tu as raison, encore une fois…

Ils discutent encore un moment puis Pierre s'en va après l'avoir embrassé amicalement.

Quand Pierre arrive chez lui, il a l'agréable surprise de voir une belle table dressée sur la terrasse, avec des bougies. Sa femme fume tranquillement une cigarette. Il se dit qu'elle doit l'attendre depuis un bon moment. Valérie ne lui fait aucun reproche sur l'heure tardive à laquelle il rentre, elle lui dit simplement :

- Je crois qu'il faut qu'on parle mon chéri. On passe à table ?

- Oui, je vais me laver les mains et j'arrive.

Quand son mari est installé, Val amène tous les plats qu'elle a préparés avec amour. Pierre la félicite pour le bon repas. Elle lui répond :

- Chéri, j'ai conscience de t'avoir négligé ces derniers temps, je te promets de passer plus de temps avec toi, mais je t'en prie, la prochaine fois que tu as des reproches à me faire, ne hurle pas de bon matin, parle-moi, d'accord ?

- Oui, ma puce, pardonne-moi, je n'aurais pas dû attendre d'être à bout pour t'exprimer ce que je ressens, ça aurait évité la scène de ce matin. On oublie ?

- D'accord.

Pierre se lève, prend la main de sa femme, lui murmure « viens » et l'entraine dans leur chambre…

Le couple passe une nuit délicieuse, et au matin, quand Pierre se réveille, il regarde sa femme dormir, avec tendresse. Mon Dieu, pense-t-il, dire que j'ai failli la tromper ! Il se prépare sans bruit et part au lycée. Le professeur est un peu en avance, il en profite pour envoyer un SMS à Célia : *« Je suis vraiment désolé pour hier, je suis un imbécile, j'ai failli détruire mon couple. Merci de m'avoir repoussé, veux-tu bien oublier cette scène stupide que je t'ai faite, et je t'en prie, dis-moi que notre amitié est intacte. »*

La réponse lui arrive presque immédiatement,

« Ne t'inquiète pas mon Pierrot, tu es toujours mon meilleur ami, et bien sûr que j'oublie ce moment d'égarement. Est-ce que tout s'est bien passé avec Val ? »

Soulagé, il répond :

« Merci, miss, tu es adorable. Oui, tout s'est bien passé, on a tout posé à plat et la

soirée fut merveilleuse. À très bientôt, bisous »
Célia est contente que ses amis se soient retrouvés, mais elle garde au fond d'elle, comme un petit regret…

Chapitre 20

Juillet 2013

Quand Valérie se réveille ce matin-là, il est déjà huit heures trente, elle se lève et descend à la cuisine afin de prendre son petit déjeuner. La porte d'entrée est grande ouverte, et elle se demande pourquoi son mari est parti travailler sans la fermer. Elle sort et l'aperçoit dans son potager :
- Chéri ! Chéri ! l'appelle-t-elle.
Pierre pose sa bêche, et se dirige vers sa femme qui a l'air un peu paniquée. Elle ajoute :
- Pourquoi n'es-tu pas au travail ?
Il soupire :
- Ma puce, on est en juillet, je suis en vacances…
- Tu es sûre ?
- Oui, Val, j'en suis sûr ! Ça fait déjà dix jours que je suis en congé.
- Ha. En juillet, dis-tu ?
- Oui, répond son mari d'un ton las.

- Alors j'ai rendez-vous chez le neurologue…
- Quel jour ?
- En juillet.

Pierre essaie de garder son calme :
- Où as-tu marqué ton rendez-vous ?
- Ben… je sais que c'est en juillet, c'est tout !
- Ok, ce n'est pas grave, je vais appeler la secrétaire du docteur Lucas, et elle nous donnera la date.

Il quitte ses bottes, entre se laver les mains, cherche le numéro de téléphone, et appelle :
- Bonjour, madame, je vous prie de m'excuser, mais ma femme a oublié la date de son rendez-vous avec le docteur Lucas…

Valérie l'écoute, en se demandant, qui est cet homme dans son salon qui parle au téléphone…

Il raccroche et s'approche d'elle :
- Heureusement que j'ai appelé, tu as rendez-vous demain… Chérie, tu m'entends ?

Sa femme le regarde bizarrement.

- Val ! Ça va ?

- Oui, oui, répond-elle, je ne t'avais pas reconnu...

- Quoi ? Je ne comprends rien à ce que tu racontes...

Valérie se rend compte de sa méprise, elle ajoute vivement :

- Excuse-moi, je pensais à autre chose, je vais prendre ma douche...

Pierre se sent las, il n'a plus envie de jardiner. Même le chant des oiseaux sur le bord de la fenêtre n'arrive pas à lui rendre sa bonne humeur. Il se fait un café, il a trop souvent l'impression que sa femme vit dans un autre monde. Demain, il l'accompagnera, il a besoin de parler avec le neurologue.

Le matin suivant, le couple se lève en même temps, ils prennent leur petit déjeuner, et Pierre profite de la bonne humeur de sa femme pour lui faire part de sa décision :

- Chérie, aujourd'hui j'irai avec toi voir le docteur Lucas, d'accord ?

- Il n'en est pas question ! riposte cette dernière, je ne suis plus une enfant, je n'ai besoin de personne !

- Mais je suis ton mari, il est bien normal que je t'accompagne !

- Je t'ai dit non, Pierre, ne revenons pas là-dessus, j'ai encore le droit d'aller voir mon médecin, seule, tranquille, sans n'avoir de compte à rendre à personne, c'est clair ? s'emporte-t-elle.

Son mari sent monter la colère en lui :

- Mais je suis qui pour toi ? Un copain ? Le jardinier ? Je ne suis pas, par hasard, celui qui partage ta vie depuis trente ans ? Ça ne compte pas, ça ? hurle-t-il.

- Ça suffit, Pierre, je voudrais avoir la paix ! J'en ai assez, j'ai toujours l'impression d'être surveillée, espionnée, avec toi. J'en ai plus qu'assez que monsieur-je-sais-tout, me fasse des réflexions et passe derrière moi, vérifier tout ce que je fais !

- Parce que tu crois que j'ai le choix ? Quand je retrouve mes cigarettes dans le frigo, il n'y a rien qui te choque ! Tu sais quoi ? Tu vas y aller toute seule à Lyon, débrouille-toi, j'en ai ras le bol de ton caractère !

Pierre se lève, prend ses clés de voiture et part. La colère de Valérie tombe aussi soudainement qu'elle est arrivée. Elle reste là, sans bouger, ne sait plus que faire...

Son mari décide d'aller voir Sylvain, il faut absolument qu'il se calme, sa femme a le don, ces derniers temps, de le mettre hors de lui. Son copain est sur le balcon, en train de fumer une cigarette :

- Hé ! Le prof ! Qu'est-ce qui t'amène ? lui demande ce dernier, monte !

- J'arrive !

Pierre rejoint son ami, et lui dit :

- Je me suis encore disputé avec Val, je n'en peux plus de son sale caractère ! Et il lui raconte la querelle.

- Allez, viens, on va se boire un café…

Sylvain est un homme paisible, rien ne le perturbe jamais vraiment. Il prend toujours la vie du bon côté :

- Ça va lui passer, à ta femme, elle est un peu à cran ces derniers temps, en deux mois de vacances, vous avez tout le temps de vous réconcilier...

- Tu te disputes comme ça, toi, avec Laurence ?

- Non, quand elle est énervée, elle crie toute seule, alors du coup après elle s'arrête... Ne t'en fais pas, profite de ta journée, et quand tu rentreras ce soir, elle sera calmée. Tu veux rester manger ? Ma femme ne rentre pas aujourd'hui, ça te détendra... Pierre sourit, il a vraiment un ami sympathique :

- Ok, merci.

Valérie décide de ne pas aller à son rendez-vous, elle téléphone, prétexte une gastroentérite et reporte au mois d'août, elle pense : « C'est inutile, je vois bien que ma maladie a progressé, je deviens méchante avec Pierre, il est temps que je m'en aille avant de tout détruire entre nous... » Elle prend rendez-vous chez son médecin traitant pour l'après-midi même. Val s'est renseignée, il lui faut des hypnotiques pour mettre son projet à exécution.

Le docteur Ercas l'écoute patiemment quand elle lui explique ses soucis pour s'endormir, il lui prescrit finalement ce qu'elle veut. Elle rentre chez elle, et prépare un bon dîner pour son mari.

Pierre part de chez Sylvain en fin d'après-midi, il roule doucement ayant un peu abusé d'apéritif et de bière tout au long de sa journée chez son copain. Il décide de passer faire un petit coucou à Célia.
Cette dernière l'accueille avec un grand sourire :

- Bonjour jeune homme, quel bon vent t'amène ?

- J'arrive de chez Sylvain, on a passé la journée ensemble, tu vois l'avantage d'être prof !

- Oh, mais vous n'auriez pas un peu abusé d'alcool ?

- Si, j'avoue ! répond-il en riant.

- Et qu'arrosiez-vous ?

- Ma dispute avec ma femme…

- Pierrot, tu exagères ! Que s'est-il encore passé ? demande-t-elle.

- Je te raconte si tu m'offres un verre !

- Et tu penses arriver à rentrer chez toi si tu bois encore ?

- Je peux dormir chez toi, si tu préfères…

- Pierre ! Ça ne m'amuse pas ! Arrête avec ça ! Vas-tu me faire des propositions à chaque fois que tu te disputes avec Val ? s'énerve-t-elle.

- Pardon, je te jure que c'était de l'humour. Tu m'en veux ? lui demande-t-il avec un air de petit garçon qui vient de faire une bêtise.

- Non, mais tu es insupportable, tu sais. Allez, viens boire un café, et pas de discussion.

- Bien chef, se plie son ami.

Ils passent une petite heure ensemble, et Pierre décide de rentrer chez lui pour faire la paix avec sa femme.

Valérie est assise sur la terrasse quand son mari arrive. Ce dernier vient s'asseoir près d'elle, sans un mot. Sa femme lui prend la main et lui dit :

- Excuse-moi, mon chéri, pour ce matin, je n'aurais pas dû te parler ainsi, j'ai reporté le rendez-vous au mois d'août, et nous irons ensemble. Je ne veux plus que l'on se dispute ainsi, je t'aime et je te remercie de me supporter…

- Viens là, ma puce, lui répond-il en l'attirant près de lui.

- Pardon, Pierre…

- Oublions ça, veux-tu ?

- Allons manger, dit-elle en souriant, je t'ai préparé un bon repas…

Le lendemain matin, Valérie appelle ses amies pour leur proposer un pique-nique pour le samedi suivant avec leurs maris, puis elle téléphone à ses enfants pour les inviter à manger le dimanche midi. Il ne lui reste que peu de temps pour profiter de ses proches. Elle dit à son mari :

- Chéri, j'ai envie qu'aujourd'hui on passe la journée tous les deux, tu m'emmènes quelque part ?

- Oui, bien sûr… on pourrait aller au restaurant à Annecy, puis après se balader du côté du lac, ça te dit ?

- Oui, j'ai tellement besoin d'être avec toi…

- J'aime quand tu es comme ça, tu sais…

Le couple se prépare et ils partent tranquillement en Haute-Savoie. Pierre est agréablement surpris de voir sa femme si radieuse. Main dans la main les quinquagénaires se promènent dans les ruelles du vieil Annecy. La journée se passe très bien même si le professeur remarque de nouveau quelques absences chez sa femme… Ils rentrent sur le coup de dix-huit heures, Val va se reposer un moment pendant que son mari prépare le repas. Ce dernier installe une belle table sur leur terrasse, il est tellement heureux de retrouver son épouse de bonne humeur. Le reste de la soirée se déroule merveilleusement bien et ils s'endorment dans les bras l'un de l'autre, apaisés.

Le vendredi matin, Val propose à son mari d'aller faire les courses pour le pique-nique de samedi et le repas du dimanche.

- Ça t'ennuierait d'y aller seule, j'ai beaucoup de travail dans le potager, lui demande Pierre.

- Pas du tout, j'irai ce matin.

- Tu es un amour…

Une heure après, la liste de courses que son mari lui a préparée dans son sac, Valérie part de Saint-Paul. Elle décide d'aller jusqu'à Belley, il y a un petit magasin de produits régionaux qu'elle affectionne particulièrement. Sur le chemin, elle voit un troupeau de moutons au bord de la route. Val adore les chèvres, les moutons, tout ce qui est animaux de ferme. Ni une, ni deux, elle met son clignotant, se gare, descend de la voiture et s'en approche. Elle reste un moment à les contempler, puis retourne à la voiture. Assise au volant, elle réfléchit, où doit-elle aller. Valérie ne se rappelle plus, et puis elle est fatiguée, elle a envie de rentrer, elle retourne donc chez elle.

Pierre est étonné de la voir arriver si tôt :

- Tu es déjà là ?

- Oui, je suis restée un peu avec les moutons, puis j'ai eu envie de rentrer…

- Quels moutons, ma chérie ?
- ben, sur le bord de la route…
- Mais… Et les courses ?
- Les courses ?
- Oui, tu devais les faire…
- Oh, je suis désolée, j'ai vu les moutons, et j'ai oublié…
- Ne t'inquiète pas, ma puce, on ira ensemble cet après-midi.

Pierre voit que son épouse a les larmes aux yeux, qu'elle est sur le point de pleurer.

- Viens. Viens là, ma chérie, ce n'est pas grave, lui dit-il, en la prenant dans les bras. « Mon Dieu, pense-t-elle, ma mémoire s'en va… Aidez-moi encore une petite semaine… »

Chapitre 21

Le samedi en fin de matinée, les sept amis se retrouvent au lac. Le soleil est brûlant, aussi choisissent-ils un coin ombragé, un peu retiré, pour être tranquilles. Les hommes se baignent et jouent au ballon tandis que les femmes restent sur la plage à papoter. Valérie est bien, elle se dit que c'est sa dernière journée avec ses copines, et veut en profiter au maximum :

- Vous vous en rendez compte, les filles, depuis le temps qu'on se connait, on a partagé tellement de choses, tellement d'évènements, constate Val.

- Oui, réplique Véro, et maintenant nous voilà toutes grands-mères, le temps passe si vite…

- Dites, les coupe Célia, moi je trouve que pour des mamies, on s'en sort bien ! Imaginez nos grands-parents en train de fumer un joint ! Les amies rient de bon cœur.

- Eh, ce ne serait pas l'heure du rosé ? demande Laurence gaiement.

- Bien sûr que si, aujourd'hui, pas d'enfants, pas de petits-enfants, à nous la débauche ! renchérit Véronique. Elles se remémorent leurs aventures, pouffent de rire comme des gamines. Les trois hommes sortent de l'eau et les rejoignent :

- Ben, ça va, on s'éclate bien par ici ! leur dit Pierre.

- Il faut immortaliser cet instant de pur délire entre grands-mères, approuve Serge, en prenant son appareil photo.

- Oh oui, Pierre, fais une photo aussi, ça nous fera un super souvenir ! renchérit Valérie.

Les quatre femmes prennent des poses comiques. Personne ne remarque la petite ombre de tristesse qui passe dans les yeux de Val…

Cette magnifique journée prend fin chez Célia, qui les invite tous à manger. Le soir, le couple se retrouve heureux, détendu, ils s'aiment jusque tard dans la nuit…

Le dimanche matin, Pierre se lève le premier, laisse dormir sa femme, boit son café et prépare le repas pour les enfants qui viennent déjeuner. Vers dix heures trente, il va réveiller sa femme :

- Ma puce, il faut te lever, les enfants seront là d'ici deux petites heures …

- Mon Dieu, je n'ai pas préparé le repas…

- Ne t'inquiète pas, je l'ai fait, tu n'auras que la table à mettre…

- Oh merci, tu es un amour…

Valérie se lève, prend son petit déjeuner rapidement et va se doucher. Alors que l'eau coule sur son corps, elle pense, « je vis mes dernières journées… J'ai profité hier pour la dernière fois de mes amis, et aujourd'hui, je vais, pour la dernière fois, voir mes enfants et mes petits- enfants… » Des larmes ruissellent sur son visage, comme c'est dur de tous les quitter, mais a-t-elle d'autres choix ?

À midi, toute sa petite famille est là, heureuse de se retrouver. Les mets sont, comme d'habitude, excellents et l'ambiance agréable. Après le repas, ils s'installent dans le gazon, à l'ombre des arbres. Valérie dit à Pierre :

- Mon chéri, veux-tu bien faire une photo avec tous mes petits-enfants autour de moi, ainsi je la mettrai dans mon portefeuille pour montrer à mes copines…

- Hier, c'en était une avec tes amies, pour la montrer à tes enfants, à ce rythme-là, il va être vite plein ton portefeuille, plaisante Pierre.

- Rappelle-toi, quand Lisa, Manon et Jérémy étaient petits, je faisais plein de photos, je faisais même des concours, j'ai gagné des tas de lots…

- Oui, c'est vrai, tu vois que tu n'as pas si mauvaise mémoire que ça, constate son mari en souriant.

Le grand-père installe les quatre petits autour de sa femme et les photographie. Jérémy reproche gentiment à sa mère :

- Et avec tes enfants, tu ne veux pas en faire ?

- Bien sûr que si, venez tous près de moi…

- Passe-moi l'appareil, Papa, et va te mettre à côté de maman, je vais en faire une de vous deux, maintenant, dit Manon.

Après la séance de photos, Valérie s'isole un moment dans la maison avec sa petite-fille, et lui dit :

- Lola, tu sais que Mamie t'aime énormément, je serai toujours près de toi. Mais si un jour, je dois partir, n'oublie jamais que de là où je serai, je veillerai sur toi. Regarde, je t'ai acheté un petit mouton rose, c'est mon animal préféré. Si tu es triste, parle-lui, il sera ton réconfort. Si tu te sens malheureuse, serre-le contre toi, et ça sera un peu comme si Mamie te faisait un câlin. Tu te rappelleras, ma puce ?

- Oui, mais tu vas partir ?

- Non, mais quelquefois, on doit partir, on ne sait jamais… Ou si tu pars en vacances, et que je te manque, se rattrape-t-elle en serrant fort sa petite-fille contre elle.

- Allez, ma poupette, va rejoindre tes cousines… Je vais chercher des jus de fruits et j'arrive.

Lola court voir Mathilde et Louise pour leur montrer sa nouvelle peluche, tandis que Val s'enferme dans les toilettes pour pleurer. Quand elle est calmée, elle se rince le visage, retouche son maquillage et passe par la cuisine prendre les boissons.

Valérie essaie de profiter au maximum de chacun, mais arrive le moment du départ pour les enfants. Elle a encore tellement de choses à leur dire, mais elle se doit de les garder pour elle. La jeune grand-mère les regarde partir, les yeux pleins de larmes.

- Ça ne va pas, ma chérie ? demande Pierre. Val éclate en sanglots, c'est tellement dur… Son mari la prend dans ses bras.

- Ma puce, parle-moi…

- Je ne sais pas ce que j'ai, un petit coup de cafard sans doute…

- Ça m'a l'air d'être plus qu'un petit blues…

- Allez, oublions ça, allons ranger… propose-t-elle en forçant son entrain.

Le téléphone de Valérie se met à sonner. C'est Célia qui prévient que Pierre a oublié son portable chez elle, la veille. Il est convenu que ce dernier viendra le prendre dans la soirée. Val propose à son mari qu'il aille le chercher, qu'elle finira le rangement pendant ce temps.

Pierre embrasse sa femme et part.

La jeune grand-mère s'assied sur un fauteuil de jardin, allume une cigarette et tente de passer en détail chaque instant de sa journée, mais déjà certains sont flous. Elle laisse couler ses larmes… Il faut qu'elle s'en aille avant d'oublier ses proches, mais se dire que plus jamais elle ne les verra, lui brise le cœur. Valérie prend le téléphone, son projet est prêt dans sa tête, elle appelle Sylvain :

- Salut, c'est Val.

- Salut, ça va ?

- Oui, je voulais te demander un service…

- Dis-moi…

- Tu sais que je suis un peu pénible en ce moment, je voulais savoir si mardi tu pouvais prévoir une sortie avec Pierre, ça lui changerait les idées, mais ne lui dis pas que ça vient de moi…

- Ok, on pourrait aller faire une balade au Mont Granier, et manger là-haut.

- Oui, ce serait bien, il adore marcher, et moi en ce moment, je ne peux pas trop, je suis vite fatiguée…

- D'accord, je l'appelle ce soir vers vingt heures.

- Merci, Sylvain, fais des gros bisous à Laurence surtout, bise.

- Bises.

Valérie raccroche et entreprend de ranger.

Pierre arrive chez Célia qui l'accueille chaleureusement :

- Mon Pierrot, alors on perd la tête !

- Oui, entre mes oublis et ceux de Val, on n'en loupe pas une !

- Entre, tu as le temps de boire un verre ?

- Bien sûr, avec plaisir. On a eu tous les enfants à midi, je suis vanné ! Je commence à me faire vieux !

- Tu es sot, je trouve que tu as beaucoup d'énergie, tu n'arrêtes jamais !

- Tu es gentille, dit-il en s'installant sur le canapé.

- Tu veux une bière ou un apéritif ?

- Comme toi, miss…

- Alors, soyons fous, allons-y pour un pastis, ça te va ?

- Très bien.

Son amie va préparer les boissons, et le rejoint sur le canapé :

- Alors mon Pierrot, comment vont tous tes petits ?

- Bien, ils sont adorables, nous étions vraiment contents de tous les avoir. Et toi, tu as fait quoi de beau, aujourd'hui ?

- Rien, j'ai regardé la télévision…

- Avec ce beau temps ? s'exclame Pierre.

- Oui, dit-elle tristement, que veux-tu que je fasse ? Ma fille a sa vie, je suis seule… Les yeux de Célia se remplissent de larmes.

- Excuse-moi, miss, je ne voulais pas t'attrister, je suis maladroit…

- Tu n'y es pour rien, j'aurais dû refaire ma vie, mais les années ont passé, et maintenant, c'est trop tard, je suis vieille…

- Arrête, tu es très belle, et je suis sûre que plein d'hommes rêveraient de t'épouser !

- Tu dis ça pour me remonter le moral…

- Non, je t'assure que je le pense vraiment, tu es loin d'être vieille. Allez, viens faire un câlin dans les bras de ton vieil ami, dit-il en souriant. Célia va se pelotonner contre lui, et lui avoue :

- Si tu savais comme les bras d'un homme me manquent…

Et ils restent ainsi, sans parler… Au bout d'un moment, Pierre dit :

- Excuse-moi, miss, mais il faut que j'y aille, Val m'attend, et elle n'était pas très bien tout à l'heure, je ne veux pas la laisser trop longtemps seule …

- Oui, mon Pierrot, tu as raison, merci pour ton réconfort, lui répond-elle en se levant.

- Ça va aller ? lui demande son ami.

- Oui, ne t'inquiète pas… lui dit-elle en l'embrassant, et passe quand tu veux…

- Ok, à très vite.

Quand Pierre arrive chez lui, sa femme a fini le rangement, elle est allongée sur le canapé devant la télévision allumée.

- Excuse-moi, ma chérie, je t'ai laissé tout le rangement…

- Ce n'est rien, tu en as déjà beaucoup fait aujourd'hui. On va fumer une cigarette sur la terrasse ? demande-t-elle gentiment.

- Oui, allons nous détendre un peu. Tu es contente de ta journée, ma puce ? demande Pierre.

- Oh oui, j'aime tant avoir mes petits autour de moi. On a de la chance qu'ils soient installés près de chez nous.

- Oui, ainsi on verra grandir nos petits-enfants.

- Chéri, promets-moi de ne plus jamais te disputer avec Jérémy…

- J'essaierai, mais tu sais, on est tellement différents lui et moi…

- Non, tu te trompes, il est très sensible comme toi, et posé, et doux, et câlin…

- Tu as peut-être raison, finalement...
- Tu me promets ? C'est important pour moi...
- Oui, je te le promets, ma chérie...
- Je t'aime, tu sais.
- Moi aussi, allez viens, entrons manger... Pierre est interrompu par la sonnerie de son téléphone :
- Allo ?
- Salut le prof, c'est Sylvain, ça va ?
- Bien, et toi ?
- Oui, j'avais envie d'aller marcher jusqu'au Mont Granier mardi, tu viens avec moi ?
- Attends, je demande à ma femme si ça ne l'embête pas...

Puis s'adressant à Valérie,

- Chérie, Sylvain me propose de faire une randonnée mardi, ça t'ennuie ?
- Non pas du tout, va...

Reprenant sa conversation avec son copain :

- C'est ok, je te rejoins chez toi à quelle heure ?

- Huit heures, ça serait bien, après, il va faire trop chaud.
- D'accord, à mardi alors.
- Ok, bonne soirée.

Pierre raccroche, et demande à sa femme :
- Tu es sûre que ça ne t'embête pas ?
- Mais non, mon chéri, je t'assure. Allez, viens manger.

Après le diner, le couple regarde un film comique à la télévision, puis va se coucher. Valérie se blottit dans les bras de son mari, appréciant son avant-dernière nuit avec lui.

Chapitre 22

Le lundi passe tranquillement, Val va faire ses dernières courses, elle prend du whisky, et de quoi faire un bon diner. L'après-midi, le couple fait une petite balade dans la forêt à côté de Saint-Paul. Valérie a toujours aimé les effluves qu'exhalent les sous-bois. Dans le calme des grands arbres, elle en oublie presque qu'elle n'y reviendra plus. Pierre, bien que ravi de retrouver une femme câline a l'impression que cette dernière essaie de lui cacher une certaine tristesse, mais quand il s'en inquiète, elle esquive la réponse par un long baiser suivi d'un :
- Te voilà rassuré ?

Pierre sourit et acquiesce.
Le soir, il propose à Valérie :
- Ma puce, veux-tu que l'on demande à Célia de venir passer la soirée avec nous, je l'ai trouvée un peu déprimée hier…
- Non, mon chéri, demain si tu veux, mais ce soir j'ai besoin d'être seule avec toi, si ça ne t'ennuie pas.

- D'accord, je suis ravie que ma femme veuille passer la soirée seule avec moi, c'est très flatteur ! Et tu as un programme particulier ? demande-t-il en riant.

- Oui, on va s'aimer. répond-elle avec un sourire coquin.

- Quelle magnifique promesse !

Ils dinent sur la terrasse, et Valérie pense sans cesse : « C'est ma dernière fois… »

Pierre prépare son sac à dos en vue de la randonnée du lendemain pendant que son épouse prend sa douche. Ce soir, elle va donner une dernière fois à son mari, tout l'amour qu'elle a pour lui depuis plus de trente ans. Pierre, fleurant bon le savon, la rejoint et ils s'aiment tendrement. Pierre s'endort rapidement, épuisé par le plaisir que lui a donné sa femme. Valérie reste éveillée longtemps, ses pensées vont vers ses proches, puis enfin, le sommeil la gagne enfin.

Mardi 30 juillet 2013

Valérie a mis son réveil en même temps que celui de Pierre, elle veut absolument le voir avant qu'il ne parte en montagne.

- Chérie, dit ce dernier, tu aurais pu en profiter pour dormir, pourquoi te lever si tôt, il est à peine sept heures.

- Je voulais t'embrasser avant ton départ…

Pierre lui dit en riant :

- Ma puce, je ne pars pas pour trois jours.

- Embrasse-moi, mon chéri, et serre-moi fort dans tes bras…

- Tu es sûre que ça va, tu veux que j'annule ma randonnée ?

- Non, c'est juste que je t'aime si fort, et quoi qu'il arrive, ne l'oublie jamais…

- Ma puce, tu me fais peur…

- Pardon, ne t'inquiète pas, profite bien de ta sortie avec Sylvain, et fais-lui un bisou de ma part. Tu m'appelleras avant d'attaquer la marche ?

- Oui, je te téléphonerai, promis. Allez, j'y vais, dit-il en l'embrassant encore une fois.

Valérie regarde son mari partir en voiture par la fenêtre de sa chambre. Elle éclate en sanglots, pleure un long moment. Enfin, elle se calme, s'assied à son bureau, prend une feuille de papier et écrit ce que son cœur lui dicte. Quand elle a fini, elle va chercher la bouteille de whisky, ses hypnotiques et pose le tout sur la table de nuit. Puis, elle s'installe sur un fauteuil de jardin, son téléphone portable, posé près d'elle. Valérie regarde son jardin, se laissant aller à ses souvenirs, curieusement sereine. Elle revoit la fois où avec Pierre, ils avaient visité cette maison. Son mari l'avait enlacée et lui avait dit :

- Tu verras, nous serons bien ici.

Il avait tenu sa promesse, ils avaient été heureux comme peu de gens peuvent se vanter de l'avoir été jusqu'à que cette saleté de maladie vienne tout abimer. Elle ne la laisserait pas lui voler ses souvenirs. Non, jamais. La sonnerie du téléphone la ramène brusquement à la réalité.

- Coucou chérie, ça y est, on va attaquer la grimpette, ça va toi ? demande son mari.
- Oui, bien. Sois prudent surtout !
- Ne t'inquiète pas, à ce soir, bisous.
- Bisous, mon amour… Et Valérie raccroche.

Elle ferme les volets, monte dans sa chambre, murmure « Adieu la vie… », pose sa lettre sur la table de nuit, prend un par un ses hypnotiques, boit le whisky à même le goulot.

Les deux amis arrivent au sommet du Mont Granier. Le paysage est grandiose. Les étendues vertes leur procurent un bien-être renforcé par l'effort qu'ils ont fait pour parvenir au sommet de la montagne. Ils s'asseyent côte à côte, fumant tranquillement leur cigarette et parlent musique, littérature, puis Pierre confie ses disputes avec Jérémy, la promesse que Val lui a fait faire de ne jamais se fâcher avec son fils. Et il conclut en riant :

- Elle y mettrait bon ordre !

Affamés par les efforts fournis, les deux hommes mangent leur casse-croute. Puis ils s'allongent dans l'herbe et s'endorment. Une petite heure plus tard, ils se réveillent et décident de redescendre. Ils marchent tranquillement et arrivent à dix-sept heures à la voiture.

Sitôt que Sylvain démarre, Pierre essaie de joindre sa femme, mais le téléphone sonne dans le vide.

- C'est bizarre, Val ne répond pas…
- À mon avis, elle t'a prévu une surprise…
- Qu'est-ce qui te fait dire ça ?
- C'est elle qui m'a demandé de te proposer une sortie aujourd'hui, elle m'a dit qu'elle était pénible en ce moment et que ça te changerait les idées…
- Pourquoi ne m'as-tu rien dit ?
- Elle voulait que tu croies que ça vienne de moi, confesse Sylvain.

Pierre sourit :

- Elle est très amoureuse en ce moment, ce n'est pas moi qui vais m'en plaindre, après l'enfer qu'elle m'a fait vivre ces derniers mois…

Et il raconte à son ami les scènes de Val, puis ces derniers jours, comme elle est redevenue tendre avec lui. À converser ainsi, ils ne voient pas passer le temps. Arrivés chez Sylvain, ce dernier lui propose une bière.

- Non, merci, mais ça m'inquiète un peu que Val ne réponde pas au téléphone, je vais rentrer à la maison, à bientôt.

- Salut, le prof ! Bise à ta femme.

Pierre arrive rapidement chez lui, il gare la voiture et remarque les volets fermés. Il ne prend pas la peine de sortir son sac à dos, un mauvais pressentiment l'envahit, il court jusqu'à la porte d'entrée, elle est fermée. Il prend son trousseau, ouvre, monte l'escalier quatre à quatre, redoutant ce qui l'attend. Pierre ouvre la porte de sa chambre à toute volée, et ce qu'il voit, jamais il ne l'oubliera. Cette image le hantera jour et nuit pendant des mois : sa femme, allongée sur leur lit, la tête sur le côté, comme si elle regardait la table de nuit où est posée une lettre.

Pierre hurle :

- Val ! Non ! Non !

Mais tout de suite, il sait qu'il est trop tard. Le cœur de Valérie ne bat plus. Il serre sa femme contre lui en sanglotant :

- Pourquoi as-tu fait ça ? Il prend le téléphone, appelle le 18, centre de traitement des appels.

- Vite ! Il faut venir, c'est ma femme !

- Calmez-vous, monsieur, lui conseille un opérateur, donnez-nous votre nom, adresse et numéro de téléphone, et dites-nous exactement ce qu'il en est.

- Comment voulez-vous que je me calme ! crie-t-il, ma femme est morte ! Morte !

- Je vous en prie, monsieur, dites- moi votre nom.

- Pierre Maurois.

- Votre adresse et numéro de téléphone.

Pierre les lui donne. L'opérateur lui pose encore quelques questions puis lui dit :

- Nous vous envoyons une équipe immédiatement.

Pierre raccroche. D'une main tremblante, il prend la lettre qui est bien en évidence près de Valérie, l'ouvre et la lit.

« Pardon mon Pierre,
Pardon mes enfants,
Pardon mes amis,
Pardon pour mon caractère difficile de ces derniers temps,
Pardon pour mes sautes d'humeur, pour mes oublis.
Ma mémoire s'en va, le neurologue a posé son diagnostic : C'est la maladie d'Alzheimer.

Chaque jour m'est de plus en plus dur, je n'ai pas voulu vous révéler ma maladie, je voulais que rien ne change entre nous.
J'ai tenu tant que j'ai pu, j'ai essayé de donner le change, mais aujourd'hui, je n'y arrive plus. Je préfère vous dire adieu.
Je ne veux pas, un jour, ne plus me rappeler de toi, mon mari, mon amour, mon

compagnon depuis plus de trente ans, ni de vous, mes trois enfants que j'aime tellement, ni de vous, mes petits-enfants que j'aurais tant aimé voir grandir, ni de vous mes amis.
Merci, mon Pierre, tu as été un merveilleux mari. Ma vie près de toi a été aussi belle que tu me l'avais promis.
Merci, mes enfants, vous avez été les soleils de ma vie.
Merci Célia, Laurence et Véro, pour cette belle amitié pleine de fous-rires.
À vous tous, merci d'avoir partagé ma vie.

Je vous aime,

Valérie.

Ma puce, pourquoi m'avoir quitté, je t'aurais aidé, j'aurais veillé sur toi, murmure Pierre, mais tout doucement, malgré son immense peine, il comprend le geste désespéré de sa femme. Il pose doucement ses lèvres sur le front de sa femme. Il entend les pompiers. Il descend leur ouvrir, voit le SAMU, la gendarmerie et le maire de Saint-Paul arriver derrière eux.

- Mon pauvre Pierre, je te présente toutes mes condoléances, lui dit ce dernier en lui serrant chaleureusement la main.

Pierre secoue la tête, mais ne peut prononcer un mot.

- Où est-elle ? demande doucement un jeune pompier.

- À l'étage, dans notre chambre, lui répond-il en lui indiquant l'escalier.

- Montrez- nous le chemin, s'il vous plait.

Ils montent à l'étage, Pierre ouvre la porte de leur chambre, n'arrivant toujours pas à réaliser le drame qu'il est en train de vivre. Les pompiers s'affairent autour du corps, le médecin confirme la mort de sa femme, appelle les pompes funèbres. Puis tout va très vite, ces derniers arrivent et emmènent le corps de la défunte. Le maire lui demande s'il peut faire quelque chose pour lui.

- Merci, mais j'ai besoin de rester un peu seul.

- Tu veux que je prévienne quelqu'un ?

- Non, je vais le faire, merci.

Le maire s'en va, il connait la famille Maurois depuis plus de vingt-cinq ans et les apprécie beaucoup. Il a de la peine pour son concitoyen.

Pierre se retrouve seul dans cette grande maison qui a abrité tant d'amour, de rires. Il sort fumer une cigarette, pense à ces derniers jours. Si seulement il avait pu se douter ; cette journée, seulement lui et sa femme, puis celle avec leurs amis, et enfin avec sa famille, il comprend ses larmes le soir de leur départ. Elle a voulu réunir tous ceux qu'elle aimait une dernière fois avant de les quitter. Et cette dernière nuit d'amour qu'elle lui a donné. Il l'entend encore lui dire ce matin « je t'aime si fort, quoi qu'il arrive, ne l'oublie jamais ».

Pierre entre dans la maison, prend d'une main tremblante le cadre de la photo de leur mariage. Il s'assied sur le canapé, serrant l'image du bonheur contre lui et pleure à gros sanglots comme un enfant. Rien ne peut arrêter ce flot de larmes tant sa douleur est immense. Comment aurait-il pu imaginer que sa femme se donnerait la mort ?

Il se dit qu'il doit appeler ses enfants, mais il n'a pas le courage. Pierre pense à Célia, il n'y a qu'à elle qu'il arrivera à parler.

Il rallume une cigarette, prend le téléphone, puis appelle son amie :

- Allo ?

Célia entend un sanglot,

- Pierrot ? C'est toi ?

- Célia… ne sait-il qu'articuler en pleurant.

- Pierrot, c'est Val ? Il lui est arrivé quelque chose ?

- Elle s'est suicidée… Elle avait la maladie d'Alzheimer…

- Oh mon Dieu… Tu veux que je vienne ?

- Je veux bien, mais avant, peux-tu appeler Manon… C'est la plus forte des enfants, elle préviendra les autres. Moi je n'en ai pas le courage…

- Je m'en occupe, mon Pierrot, et je viens après.

- Merci Célia.

Un bip lui signale qu'il a raccroché.

Célia repose doucement le téléphone, des larmes coulent le long de son visage… Valérie est partie pour toujours. Mais pourquoi donc n'a-t-elle pas prêté plus d'attention aux premiers signes de la maladie de Val ?

Déjà disponible, *« Après toi… »*, suite de *« Partir avant de vous oublier »*

« Pierre et ses enfants sont en deuil de Valérie, chacun va essayer, comme il peut, de survivre à ce terrible drame… »

Un grand merci à :

- Marie José Casassus, pour tout ce qu'elle m'a appris tout au long de ce livre avec beaucoup de gentillesse et pour la correction finale de ce roman.

- Emilie (Jolie) Dussaulx, (aide-soignante et assistante de soin en gérontologie, à la maison de retraite de Yenne, à l'unité psychologique Alzheimer), pour sa patience, son éternel sourire et son aide sur les comportements et les traitements des malades d'Alzheimer.

- Cindy Gallin, pour la réalisation de la page de couverture.

- *Mon fils Guillaume, pour ses conseils et son implication dans mes écrits.*

- *Mon fils Nicolas, pour son aide quand un mot me manquait.*

- *Frédéric mon mari, pour la mise en page.*

Merci également aux lecteurs, sans qui je n'aurais pas tant de plaisir à écrire.

L'auteur rappelle que ce roman est une fiction, toute ressemblance avec des personnages existants serait un pur hasard !

Ce livre a été imprimé par BoD
www.bod.fr

Dépôt légal : Octobre 2019